TAKE
SHOBO

黙って私を抱きなさい！

〜年上眼鏡秘書は純情女社長を大事にしすぎている

兎山もなか

ILLUSTRATION
すがはらりゅう

蜜夢
MITSU
YUME

黙って私を抱きなさい！
年上眼鏡秘書は純情女社長を大事にしすぎている

CONTENTS

MITSU YUME

イラスト／すがはらりゅう

黙って私を抱きなさい！

年上眼鏡秘書は純情女社長を大事にしすぎている

一章　女社長のひそかな恋心

——これはおかしなことになった。

事態は、あすかが想定していたよりもずっとおかしなことになっていた。
二階建てビルの一階を会社の事務所として使っている。いつもは社員三十名ほどがパソコン作業に電話応対とそれぞれの仕事をこなしている、この空間に。今は卑猥《ひわい》な音が鳴り響いていた。

……ずちゅっ、ぱちゅっ。ぶちゅっ。

自分の体の一部から漏れ出ている音だとは信じたくないほど、大きくてはしたない音。
あすかのナカに彼の怒張したモノが出入りするたびに、空気を含んだ体液が混ざり合う音がする。
「はぁっ……ん、んぅっ……」

デスクに手を突いて、尻を高く突き出す犬のようなポーズ。カーキ色のカシュクールワンピースの裾は大きく捲《まく》り上げられている。きちんとスーツを着込んだ男の手によって。

「ふ……あっ……んぁっ！」

不意に、〝グリッ〟と奥を擦られた。今まで我慢していた声があすかの口から漏れる。

すると彼は目敏《めざと》くその反応の違いに気づき、あすかに声をかけてきた。

「――ああ、ここか？　……奥で感じるなんて、淫乱だったんだな。意外と」

いつも恭《うやうや》しい態度で接してくる彼の言葉が、今は敬意なんて欠片もない。声のトーンも冷たすぎる。聞いたこともないような声に体が震え上がったが、それでも、あすかの体は充分に反応していた。

「ん、くぅッ……！」

艶やかな長い髪がデスクの上を踊る。たまらずあすかが後ろを振り向くと、暗闇で光る眼鏡の奥にはやはり冷たいまなざしがあった。

「あっ、あぁんっ……ん、四ノ宮《しのみや》さっ……」

「はっ……そんな、甘ったるい声が出せるなんて……知らなかった」

蔑《さげす》むようにそう言った男――秘書の四ノ宮悦《えつ》は、あすかを後ろから乱暴に抱いている最中。ワンピースから剝き出しになった豊満な胸を、時々慈しむように両手のひらで包み、陶酔の息をついてそっと揉みしだく。触れてはいけない宝物にでも触るかのように。――取り返しのつかない禁忌でも犯すかのように。

電気の消えた事務所で、明かりは窓からわずかに漏れ入る街灯と月の光だけ。それがことさらに行為のいやらしさを際立たせている。

四ノ宮は休むことなく腰を振り、後ろからあすかを犯し続けた。不意に、あすかの形のいい耳に唇を押し付け、低く優しい声で囁く。

「……あすか。僕はこれで結構、怒っているんだ」

「んっ、んっ……え……？　……んんっ！」

急に抽挿が激しくなる。四ノ宮のデスクに押し付けられ、片脚を抱え上げられながら深く何度も突き上げられて、あすかは変になってしまいそうだった。四ノ宮の動きは責め立てるようで容赦がない。

息が上がっていって、酸素を求めて鼻孔いっぱいに空気を吸い込むと、まだ新しい木の匂いがした。職場環境を少しでも整えようと新調したばかりのインテリア。会議に使うテーブルも椅子も、少しでもみんながリラックスできるように高級な木材を使用したものにした。この行為でそれを汚しはしないか……なんて。そんな余計なことを考える余裕なんてないはずなのに、頭によぎってしまった。反射的に「場所を変えよう」と提案しようとしたが、もう遅い。

「……あんっ！　あ、っ……や……激しっ……！」

「はっ……は、ん……すごいなきみの体はっ……こんな、嬉しそうに、男のモノに吸いついて。ああ……イライラする、本当に」

「っ……！」

その言い方に辱められ、あすかの顔は赤らんだ。元々感じてほんのり紅潮していた頬が、「他のどの男にもそうなのだろう」と断定する言い方に虐《しいた》げられて真っ赤に染まる。

悔しいのに抗えない。四ノ宮の荒くなっていく息に、彼自身も絶頂が近いのだと感じ取り、あすかも自分から腰を振ってしまっていた。

「あんっ！　んんっ……あ、はぁ……も、許してっ……」

「嘘でしょう？　許してほしいなんて、きみは思ってない。こんなにやらしく腰を振って……欲しがっておいて。ほんとはもっと欲しいくせに」

「ん、も……壊れるっ……！」

「誰に体を拓かれた？　……一体、誰が…………誰がきみの純潔を奪ったんだ！」

その問いかけに対して、あすかは心の中で盛大に突っ込んだ。

（あなたでしょうが……！）

あすかの処女を奪ったのは、間違いなく四ノ宮自身だ。どうして彼がその事実を忘れ、今、激昂しているのか。なぜこんな事態になったのか——あすかにはさっぱりわからない。

つい三日前まで、二人はキスもできないような関係だったのに。

＊

「——はい、誠に申し訳ございません。ええ……。仰る通りです」

最初はひどく激昂していた通話の相手は、しばらく話しているうちに落ち着いてきたのか、だいぶ冷静になっていた。あすかは相手の不満が解消されたタイミングを見計らって、結びの挨拶に繋ぐ。

「はい。そのように改善させていただきます。……はい。ええ。ご指摘ありがとうございました！　今後ともよろしくお願いいたします」

最後に受話器の前で、満面の笑みをつくって明るい声で挨拶をした。電話の相手が受話器を下ろす音を確認してから、自分もそっと受話器を置く。

ふう、と息をついたところで、後ろから声をかけられる。

「……ボス。電話、いつもの方ですか？」

声の主は、秘書の四ノ宮だった。柔らかな黒髪にスクエアフレームの眼鏡。整った顔立ちに、幅広い肩と伸びた背筋。物腰の柔らかな美丈夫だ。私服で勤務する社員が多いこの会社で、彼は一人ぴしっとスーツを着込むので、その姿は逆に目立っている。

ボス、と呼んだ彼を座ったまま振り返って、社長の皇《すめらぎ》あすかは笑った。

「ええ。いつものあのお客様でした」

「たっぷり三十分お話されていましたが」

「え、そんなに？　……でも、結構鬱憤が溜まってる感じでしたから」

通販事業において、クレーム対応は重要な仕事の一つだ。通販サイトが乱立している昨今、自社サイトを長く利用してもらうには品揃えだけではいけない。いかにストレスなく利用してもらい、顧客満足度を上げていくか。

正直、〝それって本当にこっちの落ち度？〟と疑問に思うクレームもあるけど、全部が全部的外れというわけじゃない。ないがしろにしていいお客様なんていないのだ。

うんざりしている四ノ宮に向かって、あすかはおどけて笑った。

「気づきもあったし、意味のある三十分だったってことで」

「それならいいですが……あのデスクの上の書類、今日中のものばかりですよ」

「……わかっています」

四ノ宮は優秀な秘書だ。デスクの上にこんもりと積まれた外部向けの書類にげんなりしながらも、わかっていた。できる限りあすかの負担が少なくなるように、四ノ宮は他の業務の処理をしてくれている。

それに、あれだけ書類が積まれているのは、あすかが「外部に向けて発信するものは、チラシ一枚でも自分の目でチェックしておきたい」とお願いしたからだ。

そろそろ手をつけなければ今日中に確認が終わらない。そう思って、受電用の席を立った時。一つのデスクに郵便物が積まれているのを見つけた。

「これは、今日届いたもの？」

あすかの声に反応して、隣のデスクで作業をしていた岸田葵《きしだあおい》が振り向く。首元で切りそろえられたボブヘアに、夏だというのにマスク着用。彼女はここ、通販会社『ノゼット』のＷＥＢデザイナー。サイトの特集ページの企画・デザインを手掛けている。

「……ボス」

「ん？」

岸田はマスク越しにくぐもった声で話す。口数が極端に少ない彼女は、コミュニケーションが取りにくいという理由で前職をクビになっている。あすかの会社にやってきてまだ一年と経っていない。

けれど、彼女の口数が少ない理由が、慎重に言葉を選んでいるからだということを、社員はみんな知っている。

「置いておいてください。……配るので」

「いい、岸田。これくらい私が配るわ」

「でも……雑用」

雑用だから私がやる。社長にさせるのは忍びない……という旨のことが言いたいんだろう。察しがついて、あすかは笑って見せた。

「いいの。雑用をさせるためにみんなを雇ったわけじゃないもの。自分の技術を活かしてほしくて来てもらってるのに、勿体ないから」

「ボス……」

「ところでそれは、新しい特集ページのデザイン？」

岸田のＰＣの画面を覗き込む。興味津々といった様子のあすかに応えるため、岸田は製作中の特集ページ画面をスクロールして見せる。

「結構……今までとは違うテイスト。……リーダーは良いって言わないかも」

「まだ見せる前のもの？」

岸田はこくりと頷く。スクロールされていく画面を目で追って、しばらく考えた後に、あすかは口を開いた。

「いい。これでいきましょう」

「え？」

驚いた岸田があすかを振り返る。

「ボス……そんな、簡単に」

「岸田はこれでいけると思ってるんでしょう？　それなら試しましょう。やったことないんだもの。ＷＥＢの世界なんて出してみなきゃ何が当たるかわかんないし」

「でも……これで売上が落ちたら」

「責任は私が持つから、岸田は気負わなくていい。この件のリーダーは三島《みしま》だっけ？　後で三島とも話しておくけど、私もこれ、良いと思う」

「……」

「挑戦的な良いデザインだと思うよ」

あすかが褒めると、岸田はマスクの位置をなおしながらこくりと一回頷く。嬉しい時の岸田の仕草だ。自分の言葉が彼女を嬉しくさせたことに、あすか自身も嬉しくなって微笑んだ。

さて、郵便物をみんなのデスクに振り分けるか……と手を伸ばした時。

「ボー、スっ！」

「わっ」

急に後ろから抱きつかれ、あすかは驚いて声をあげた。つい声が出たものの、いつものことだったので誰の仕業かはわかっていた。

「どうしたの、入間《いるま》」

あすかが振り返ると、犯人である入間紗映子《さえこ》はにへらと笑って抱きしめる力を緩めた。ヘアピンで高く留められた王冠の形のお団子ヘアに、グリーンのフレームの伊達眼鏡。個性的ながらよくよく見ると綺麗な顔立ちの彼女は、嬉しそうにあすかに話しかける。

「どうもしません、ボス。いつもの挨拶です♡　今日も反則的に美しいですねっ！　写真撮ってもいいですか⁉」

「ああ、うん……それは今度ね。仕事したいし」

「え～ボスつれない……」

首から提げた一眼レフを興奮気味に構えて見せた入間は、あすかの返事にしゅんとしてカメラを引っ込める。彼女はノゼット所属のカメラマン。サイトにアップする製品画像の演出・撮影を手掛けている。

「その辺にしておけ、入間」

「あっ、いたんですね四ノ宮さん……」

四ノ宮のたしなめる声に、入間は〝やべっ〟という顔をしてさっとあすかから離れた。

四ノ宮と入間は、その身長差から見下ろし見下ろされ向かい合う。

「カメラの中のデータを見せろ」

「……え？　なにゆえ？」

「いいから見せろ」

「なにゆえですか！　なんの権限があって乙女のカメラの中身なんか……あー！」

言っている間に四ノ宮は入間の首にぶら提がっていたカメラを奪い、慣れた手つきで保存データを閲覧する。

「ちょっ、商売道具をそんな簡単に触ってもらっちゃあ困ります！」

「お前、それをカメラに触れさせないためのちょうどいい建前だと思ってるみたいだけどな……僕は知っている。これは仕事用とは別のカメラだ。お前のプライベートの……ボス盗撮用カメラだ！」

「いやー！」

ぽかんとして二人のやり取りを見ていたあすかの目前に、四ノ宮が一眼レフの画面を突き付ける。

「……は？」

そこに映し出されていたのは、いつかデスクでうたた寝をしていたあすかの姿だった。シャツの前ボタンを上から二つ開けている、無防備な胸チラショットの。

「もうもう！　バラさないでくださいよ四ノ宮さん！　恥ずかしいじゃないですかっ」

「入間……？」

若干ヒきつつ視線を向けると、入間は〝えへっ！〟とかわいく舌を出して見せる。

いや、舌を出されても。

「ほら、ボスの軽蔑した視線が痛いだろう」

「えぇ……軽蔑しちゃいました？　私のこと嫌いになっちゃいますか？」

「や、そこまでは……」

「ああでも！　ボスに蔑み見下されるっていうのも最高のシチュですね！」

「……」

げんなりしているあすかのことなどお構いなしに、入間は捲し立ててくる。

「ボスも一部悪いんですからね？　なんですこのけしからんプロポーションは！　たわわなお胸！　きゅっと締まったくびれ！　思わず手を伸ばしたくなる絶妙なヒップ！　完璧すぎる女神スタイルです……あーもっと撮りたい撮りまくりたい舐め回したい！」

「最後カメラ関係なくない……？」

ドン引きで冷静な突っ込みを入れてもまったく聞く耳を持たない。嘘だろうと言いたくなるほど強烈なキャラだが、これがどうやら本気らしいのだ。

入間紗映子は、これでも二十六歳という若さで数多のフォトコンテストの賞を総ナメにした新進気鋭のフォトグラファー。本当ならば通販サイトの写真ではなく、世界中飛び回ってモデルを撮影していてもおかしくないような腕前だ。しかしそんな彼女は今、ノゼットに籍を置いている。その条件というのが――。

「約束ですからねボス。今の案件がひと段落したら、一日かけて撮影会させてもらいますからね！」

「あ、うん……」

たまに、あすか自身を被写体として差し出すことだった。

あすかと入間が出会ったのは休日の街中。珍しく羽を伸ばしてショッピングをしていたところ、興奮気味の入間に声をかけられた。「スリーサイズを伺ってもよろしいですか⁉」という衝撃の第一声が、あすかは今でも忘れられない。

その後、彼女が注目のフォトグラファーだと知ってあすかが会社に呼び込もうとした際、唯一入間から大真面目な顔で提示された条件がそれだった。

自分なんか撮って一体なんになるんだと思いながらも、どうしてもサイトに載せる写真のクオリティを上げたくてその条件を飲んだ。だからどれだけ意味を理解できなくても、約束を無碍《むげ》にするわけにはいかないのである。

情

入間の目がまだギラギラとあすかを狙う中、そばにいた四ノ宮が二人の間に割って入った。

「その辺にしておけって」

「えぇ～……」

あすかに詰め寄る入間を四ノ宮が引きはがし、とりあえずこの場は助かったとほっとして、四ノ宮に礼を言おうとした。その時。四ノ宮は眼鏡をクイッと鼻のところで押さえて位置をなおし、さらりと言った。

「とりあえずこのカメラは返すから、入間」

「はい」

「焼き増せ」

「やんっ、四ノ宮さんのむっつり～♡　Ａ２ポスターに引き伸ばして差し上げますよ！」

「……四ノ宮さん？」

凄んで見せても、このテンションの二人にはまったく効果がない。仕事に関する話を除き、あすかの威厳はまったく保たれていなかった。

目についた雑用を一通り済ませたあすかは、自分のデスクに山積みにされていた書類を抱え、社長室に運び込もうとした。そこにすっと四ノ宮が近づいて、手を差し伸べてくる。

「ボス、持ちます」

「いえ、大丈夫です。自分で持つので、ドアだけ開けてもらえたら」

「そうですか？　……わかりました」

社長でありながら現場仕事もこなすあすかは、就労時間のほとんどを他の社員と同じスペースで働き、社員の微妙な変化にも気づけるよう心掛けていた。

それでも、書類チェックのようなどうしても集中しなければ進まない作業がある時に限っては、二階に設けている社長室にこもることにしている。そしてそういう時、四ノ宮は必ずあすかについてきた。

「ボス、階段。気をつけてくださいよ」

「心配しすぎです。そんなにたいした量でもないのに……」

お節介がすぎる四ノ宮の言動に、ほとほと困り果てた顔を見せる。けれど四ノ宮はそれを特に気にかけず、階段を上るあすかの足元に細心の注意を払った。

社長室にたどり着き、作業机にどさっと書類を置くのと同時に、四ノ宮がそっと社長室のドアを閉める。束の間、二人きりになる瞬間。あすかは振り返ってお礼を言った。

「ありがとう、助かりました」

すると四ノ宮は、眼鏡の位置をなおしながら渋い顔をしてあすかに歩み寄ってくる。

「……ボス」

「はい。……なんでしょう？」

振り返りながらあすかは、〝お説教が始まるな〟と予感していた。二人はあすかが起業する前、前職の会社にいた時からの付き合いだ。あすかは四ノ宮に怒られ慣れている。

四ノ宮だけがこの会社で、前職のあすかのことを知っている。前に勤めていた大手通販会社を辞める時、あすかは四ノ宮だけを連れて独立した。そのことは二人の関係を、ほんの少しだけ特別にしている。

「最近ちょっと、なんでも自分でやろうとしすぎです」

「……そうですか？　別にこれくらい……」

「電話の応対も、雑用も。書類チェックだって、それは本当にあなたが自分でやらないといけないことですか？」

「そんな言い方しなくても……他の仕事をおざなりにしてるつもりはありません」

「その代わりに睡眠時間を削っているでしょう。……目が疲れています」

四ノ宮はあすかの目元を撫でる。急に間近にやってきた四ノ宮の整った顔に目を丸くして、あすかは押し黙ってしまう。

「……ボス？」

「……ん、えっと」

「どうかしましたか」

「え？　あ、いえ、別に……」

二人きりになった時、四ノ宮との距離が近くなるからといって、二人の間に特別な男女関係はない。心から自分を気遣ってくれる空気に、少し肩の力が抜けるのは確かだけど。

あすかと四ノ宮の関係は〝社長と秘書〟以外の何でもない。

自分の目元に触れていた四ノ宮の手をそっとはずす。何もやましいことはないけれど、こんなお互いの呼気がかかるような距離でいるところを、社員に見られてはあらぬ誤解を招いてしまう。

「四ノ宮さんが思っているより、私はちゃんと寝ています。大丈夫」

「そうですか？　ならいいですけど……」

四ノ宮はそれ以上追及する気もないらしく、肩を竦めながら話題を変えた。

「それにしてもさっきの入間、ボスへの執着がすごかったな……。そのうち襲われるんじゃないですか？」

「……あなたも調子に乗りすぎです。なにが〝焼き増せ〟ですか」

「あれは本気ですけどね」

目を伏せて、彼は少しおどけて笑って見せる。そうする時、目元に影を落としている睫毛の長さや、すっきりとした輪郭を見て。つくづく美しい男だなと、あすかはひっそりと思うのだ。

〝本気〟という言葉にだって、心を揺さぶられてしまう。

それを知らない四ノ宮は、自身の言葉を繋ぐ。

「かわいいボスの写真は、部下として持っておきたいじゃないですか」

「もういいです。そのネタは……」

「ネタじゃありません。僕は真剣にきみを敬愛している」

「……」

「時々歯痒くなるほど、一人で仕事を抱え込んでしまうところもね」

そう言いながら、あすかの長い髪を一房手に取り口づける。不敵に笑うその顔に、あすかはゆっくりと目をそらした。——だからなんなんですか、それは。

愛でもなく、恋でもない。いつからか四ノ宮の中に芽生えているらしい感情は、あすかが望むものとは少し違っていた。《敬愛》という言葉には〝愛〟という字が含まれているけれど、それはあすかが欲しい〝愛〟ではなかった。

「でも、あんな無防備な胸チラはほんと勘弁してほしいですけどね……」

「もうっ！」

真面目な顔で直訴してきた四ノ宮の手をチョップではたき落としつつ、あすかは戸惑ったままでいる。

皇あすかは、秘書である四ノ宮悦に、ひそかに想いを寄せている。

「いい加減にしてください……」

「ははっ」

二人でいる時、二人の距離はぐんと近づいたように思えるのに。その実、四ノ宮のあすかに対する態度には《敬意》という分厚い壁がある。

——それがこの後砕け散ることになるとは、あすかはまだ予感すらしていなかった。

二章　最初の雇用契約

皇あすかは社員に愛されている。通販会社『ノゼット』の社長として。

みんな、あすかのことを〝社長〟ではなく〝ボス〟と呼んでいた。「社長って呼ばれるのは距離があってちょっと……」とあすかがこぼしたことからつけられた〝ボス〟という共通の呼び名。最初は違和感ありまくりだったその呼び方も、三年目にもなれば馴染んで、あすかはすっかりノゼットの〝ボス〟になっていた。

この一面だけを切り取ると、ノゼットは順風満帆。愛すべき経営者をトップに据えて、和気あいあいとした空気で社員が働く良い会社に見える。

しかし実際の経営というのは、そう容易くないのが実情で。

「どうしたもんかなぁ……」

二階にある社長椅子に深く腰掛け、あすかは悩んでいた。肘置きの上に頬杖を突いて、もう片方の手の指先でトントントン……とデスクを叩く。

悩んでいるのは専ら会社のことだった。若くして社長になることを選んだあすかには、恋愛よりも優先度の高い悩みがたくさんある。秘書が自分を恋愛対象として見てくれないとか、そんなことに頭を悩ませている時間はないのだ。――だけどその会社に関する悩みを相談できる相手も、彼しかいなかったので。

「……」

あすかは渋々、デスクの上の受話機に手を伸ばして内線をかけた。

四ノ宮に「相談があります」と打ち合わせをお願いして了承を得たあと、あすかは社長椅子から立ち上がり、彼のために紅茶を淹れることにした。

＊

淹れたばかりのダージリンの香りが鼻腔をくすぐる。あすかはほっと息をつき、目の前で同じようにダージリンを飲んでいる四ノ宮に対して、本題を切り出す。

「新しく人を雇おうかと思っています」

「またですか」

紅茶に口をつけながら、ちらっと四ノ宮の様子を窺う。〝またですか〟と即座に言いつつ、その声のトーンに呆れた感じは見受けられない。あすかは言葉を続けた。

「昔からの知り合いが、新しい職を探しているんです。勤めていたＷＥＢデザイン会社が倒産してしまったようで……ディレクターとして呼び寄せようかと。どう思います？」

「それはまた……」

渋い顔をした四ノ宮。予想通りの反応にあすかは肩を落とす。

(やっぱり、良い顔はしないか)

反対されるだろうなとは思っていた。

「優秀な人です。大学時代にビジネスプランコンテストで何度か会っていて、頭がいいし、とても腰が低い男性で」

「え、待ってください。男?」

「ええ」

「……そうですか。うーん……でも、どうしても呼びたいと」

「はい。腕は確かですから」

「もう答えが出てるじゃありませんか。それなら――」

四ノ宮が頷きかけたその時。〝コンコンッ〟とドアがノックされる。

「どう――」

どうぞ、とあすかが言い切るより前にドアが開いた。そこにいたのは、白いブラウスに夏用の薄いカーディガンを羽織った、童顔の女性。

「だめよ」

彼女はきっぱりとそう言った。そしてしゃべりながらツカツカとあすかたちのところまでやってくる。

「これ以上、人を雇ってはだめ。私は断固反対です」

「熊木《くまき》さん……」

社長室に入ってきた女性は、熊木千春《ちはる》。ノゼットの経理担当だ。

熊木はあすかの目前にA４の書類をぱさりと置いた。腕を組んで胸を張り、見下ろしてくる。あすかがそっと書類を手に取って目を通し始めると、厳しい声で言った。

「ウチの会社の収支表よ。前からちょくちょく釘を刺してきたと思うけど、今月はひどいことになってる」

「……本当ですね」

ぺらりと書類を捲《めく》ってその数字を確認していると、あすかは頭が痛くなった。この状況を熊木に報告されてから、なんとか収益を積み上げようと営業をかけてきたつもりだが、まだ足りていない。

「でも……みんな頑張ってくれているし、サイトの利用者がこのまま増えていけば近いうちにプラスに――」

「それ、本気で言ってるんですか？」

ギロリと辛辣な目を向けられ、あすかはぐっと委縮する。びびっているところを見せてはいけない。だけど、自分より年上の熊木に本気で睨まれるのは、結構怖い。

「理想論もたいがいにしてください。楽観的にもほどがあるわ……現実をよく見て。会社の収益に対して人件費が多すぎるでしょう」

「それは、確かに……」

「だから、むやみに人を増やしちゃだめ。それは近いうちに、今いる社員の首を絞めることになる。お給料払えなくなっちゃうわよ？　四ノ宮さんも。ボスに甘い顔をするのはやめてください」

「ああ……うん、ごめん熊木さん。でも、ボスにだって考えが――」

「でもじゃありません！」

ピシャリとたしなめられて、四ノ宮はおとなしく引き下がる。あすかが〝いい〟とアイコンタクトを送ったからだ。熊木の言葉にあすかは〝そうだよなぁ〟と納得して、小さくうなだれる。

表面上は順風満帆に見えるノゼットの経営。しかしその実態は、社員に優しいホワイト企業であろうとするばかりに業績は停滞気味。目標数字には遠く及んでいない。

熊木が退室したあと、あすかは大きなため息をついた。まだ四ノ宮がいる中、聞かせるつもりはなかったのだが、熊木が去ったことで緊張の糸が緩み、つい出たため息だった。

四ノ宮はすかさずその様子を拾って、フォローを入れてくる。

「あまり気にしなくていいですよ」

「気にしなくていいことはないでしょう。熊木さんが言っているのは事実です」

熊木千春は経理担当として優秀だ。時々口調が強すぎるけれど、あすかや四ノ宮にもまったく遠慮せずに意見してくる。小言を言われるとチクリと胸が痛むが、会社の財布を任せる相手としては適任。あすかはそう思っている。

その熊木があぁ言っているのだ。これはもう、「人を雇いたい」なんて言えるような状況じゃない。

しかし四ノ宮は言う。

「事実なのは、目標数字に届いていないという点だけです。〝給料が払えなくなる〟は話を盛りすぎだ。売り上げが停滞して見えるのは直近の数字だけを切り取っているからで、立ち上げからの月次推移を見れば少しずつ伸びてきていますよ。ほら」

「でも……目標に達していないのは、まずいんじゃ」

「最初に立てた目標が大きすぎたんです。こんなデカい目標を掲げて初っ端から成功している企業なんて、僕はそうそう聞いたことがありません」

四ノ宮の言葉に安心すると同時に、〝本当にそうだろうか？〟という疑問が頭をもたげてくる。確かに最初に立てた目標は大きかったけれど、自分はそれを実行するつもりでいた。

そう思ったことが伝わってしまったのか、四ノ宮は〝ふっ〟と笑う。それから、向かいの一人掛けソファから立ち上がり、あすかの元へ歩み寄る。

目の前までやってくると、座るあすかの足元に跪《ひざまず》いて手を握ってきた。優しい顔で下から覗き込んでくる。

「焦らなくていいですよ」

「……焦ってなんか」

「高い理想を掲げるのは、悪いことじゃありません。だけどそれを達成できなかったからといって、それまでの過程の価値がなくなるわけじゃない。あなたは今、ちゃんと会社を育てている最中だ」

そうでしょう？　と、あすかが腹落ちするように、ゆっくりと諭してくる四ノ宮。〝そういうところをさっき熊木さんに怒られたのでは……〟と思いつつ、言葉は素直に嬉しかった。

「……そうですね」

納得したあすかの反応に、四ノ宮は表情を和らげる。あすかはそれを見てきゅぅっと胸が苦しくなり、同時に〝この手はなんなんだろう〟と悩まされる。

自然と握られた手。あすかの華奢な手をしっかりと包む、大きくてしなやかな四ノ宮の手。指先まで綺麗だと思うけれど、一方でゴツゴツしていて、男性らしさを感じさせる手だ。

（……指を絡めたら、びっくりする？）

びっくりするだろう。結果がわかっているから、あすかは試すことすらしない。

二人の間には〝信頼〟で結びついた穏やかな空気が流れている。それは会社を立ち上げる時から、ここに至るまで大事に築きあげてきた関係性だ。これは何にも代えがたい。

一方で、あすかは思った。

（この人は、私に欲情することなんて一生ないんだろうな）

思ってから、〝何を考えているんだ〟と自分に対して突っ込んだ。それじゃまるで、自分が彼に〝欲情してほしい〟と思っているみたいじゃないか。

「……ボス？」

――思っているのか？

眼鏡の奥の無垢な目が見つめてくる。あすかはなんとも言えず、さっと目をそらす。

もし、自分がそんなはしたない願望を持っているのだとしたら。彼にだけは絶対に知られたくない。

「別に、何も……」

どうして急に色気付いてしまったんだろう。会社を立ち上げてもう三年目。今までは、こんなに心乱されることもなかったのに。どうして……。

（……あれのせいだわ）

一つ心当たりが思い浮かんで、背後にある自分のデスクをちらりと見た。〝あれ〟は今、あすかのデスクの中。鍵をかけた引き出しの中にある。

先日の来客に無理やり押し付けられた〝あれ〟は、あすかの心を確実に乱していた。

＊

ノゼットはファッション雑貨の通販会社。「気高さ」をコンセプトに、「ノーブル・クローゼット」を縮めて『ノゼット』という社名にした。あすかが四ノ宮と相談して決めた名前だ。

　同名の通販サイトを運営する一方、もう一つの事業として、通販のノウハウを活かしたビジネスサポートを企業に対して行っている。ノゼットの収入源はその二本柱。

　結局あすかは、熊木の指摘を受けたことで社員の増員を見送った。四ノ宮は「焦らなくていい」と言っていたけれど、そうは思えなかった。社員の生活を預かっている自分の立場を思えば、現状に甘んじていいはずがないから。

「——ス」

　通販サイトの売り上げは少しずつ増えている。ただ、それと同時に従業員も増えてきている。今、三十名を超すようになって、最初はだだっ広く静かだったオフィスもだいぶ賑やかになった。

　そんなことを、あすかはみんなが帰宅した後の、静かになった作業スペースで思うのだ。

「——ボス！」

「え」

　びくっと反応して、あすかは考えるポーズを崩す。口元に当てていた手を離し、呼ばれたほうを見上げると、ジャケットを脱いでYシャツ姿になった四ノ宮があすかを見下ろしていた。手にはティーカップを二つ持っている。

「さっきから呼んでるのに全然反応しないから、イヤホンでもしてるのかと思えば……」

「ああ……ごめんなさい、考え事をしてて」

あすかが「ありがとう」と言ってティーカップを受け取ると、四ノ宮は「熱いですよ」と声をかけながらそっと手を離した。そのままどうするのかと思ったら、すぐそばにある丸椅子に腰掛けて自分もティーカップに口をつける。

あすかもそれに倣《なら》って中身をひと口。オレンジの香りが鼻に抜けて、甘い味が口の中に広がる。

「……なんだか、ほっとして眠くなる味」

「そういうのを選んだんです。オレンジピールは鎮静効果がある」

「私まだやることがあるんですけど……」

「最近ずっとそうでしょう」

四ノ宮が眼鏡の奥の瞳をゆっくりと動かし、あすかを探るように見た。

「昨日、みんなが帰ってからも遅くまでここで作業してたでしょう？」

「いや、そんなことは」

「共有してもらった提案書のデータを見たら、最後に保存した時間が朝五時過ぎになってましたが」

「……」

「ボスのことだからどうせ、熊木さんが言ってたことを気にして仕事を増やしたんでしょ」

「……本当になんでもお見通しなんですね」

あすかはオレンジピールのハーブティーを半分まで飲んだところでティーカップを置き、座ったままその場で、うーん、と大きく伸びをした。長い髪を一つにまとめていたヘアゴムをしゅるっと解《ほど》けば、ふわりと髪の束が解放され、引っ張られていた頭皮が楽になる。

四ノ宮の言う通り。熊木に収支表を突き付けられ、あすかは今の会社の財務体質がどれだけ不健全かを痛感した。従業員数に対して売り上げが見合っていない。何よりも、熊木に言われた「お給料を払えなくなるわよ」という言葉に堪えたあすかは、その日のうちにいくつか電話をかけた。

電話をかけた先は、以前から〝ウチの業務領域外だから〟と言ってあすかが仕事の受注を断ってきた会社の担当者たちだった。

「〝ただの作業になるような仕事は受けない〟って、最初に決めましたよね」

覚えてますか？　と静かな声で尋ねてくる四ノ宮。あすかは目を閉じる。彼の声がじんわりと心の中に沁み入っていく気がする。

「もちろん、覚えています」

「社員を養っていくためにはそういう仕事も必要じゃないかっていう議論も、一通りしましたよね」

「ええ、でもその議論は結局……」

一度でもそういう仕事を引き受けて、誰かを担当につけたら、その社員を養うためにまたやりたくない仕事を受けないといけなくなる。それは本意ではないと、あすかも四ノ宮も同意見だった。

あすかはため息をつきながら認める。

「〝仕事を選ぶのか？〟って議論もしましたけど、結局私たちは、選ぶことにしたんですよね」

「そうです。なのになんで受けてるんですか？」

やっぱり、と思いながらあすかは目を開いた。四ノ宮はおかしいと思ったことははっきり〝おかしい〟と指摘してくれる。正直見逃してほしいと思うこともあるけれど、それでは彼を秘書につけた意味がない。

怒ってもらえるのは幸せなことだと、あすかは思う。

「……私が受けたのは単発の仕事ばかりです。ずっと続くようなものじゃありません。その場しのぎにしかならないかもしれないけど、これがもっと大きな案件になるよう、種撒きをしてるつもりで」

「ボス自ら？」

「私が動かないでどうするんですか」

四ノ宮が黙って、束の間オフィスは静寂を取り戻す。夏場の部屋にこもるぬるい空気を、開けた窓から入り込む涼しい風がちょうど過ごしやすい空気に変えてくれる。

ふと、思い出した。会社をつくって最初の夏は、毎晩このオフィスで休憩がてら語らっていた。ちょうどこんな風に、四ノ宮と二人で。

四ノ宮も同じことを考えていたのか、次に口を開いた時、彼はこう言った。

「……この事務所、最初は広すぎるんじゃないかって心配していました」

「あーそういえば……。四ノ宮さんは、最後まで反対してましたね」

「まだ誰も雇ってない段階でこんな大きいところを借りようとするからでしょう。普通反対しますよ。でもボス、全然聞かないし」

「ありましたね、そんなことも」

深くソファにもたれて、あすかは機嫌よく脚をゆっくりバタつかせる。思い出すと楽しくなってしまう記憶。会社を立ち上げてすぐのあの時、当時は初めてのことばかりで無我夢中で、やっていけるのかという不安もあって。でもそれと同じくらい〝これから〟にワクワクしていた。

考えるべきことはたくさんあったけれど、難しいことは一つもなかった。

「〝誰も雇ってない〟なんてことはなかったでしょう。あの時も四ノ宮さんがいたし」

「そりゃいましたけど……」

「私だって結構ドキドキしてたんですよ？　ここを借りた時は。思い切ったことしてるって自覚もありました」

「そうなんですか？　てっきり何も考えてないものだと……」

失礼なことを言い出す四ノ宮にむっとして見せて、あすかは言葉を続ける。

「逃げ場をなくしたかったんです。こんな大きなところを借りてしまったら、〝意地でも回収しなきゃ！〟ってやる気が出るかなって」

「背水の陣ですか……ほんとに、時々思い切りがよすぎて怖い」

「最近はそんなわがままは言ってないつもりですよ。それに、結果的にこれで良かったと思うんです」

「……まあ」

「いざ借りてみて、〝もっとこういう会社にしたい〟って気持ちも湧いてきたし、人も集まってきましたし。……収益の問題はあるけど」

「従業員を路頭に迷わすわけにはいきませんからね」

「本当に。そのことを考える時だけ、ちょっと胃が痛いです」

ははは、と苦笑するあすかを、四ノ宮はじっと見つめてきた。なんだろう……と、不思議に思っていると、彼は丸椅子から立ち上がった。ソファに座っているあすかの体の上に覆いかぶさってくる。

「……四ノ宮さん？」

「ボスがいろいろと考えて仕事を受けているってことは、わかりました。でも、あなたがどれだけ考えた末のことであっても、あなたがどれだけ優秀な人間でも、人ひとりにできる仕事量には限界があるんですよ」

厳しい声でそう諭しながら、四ノ宮はいつものように優しく目元に触れてくる。頬に指先の体温を感じると、あすかの胸はドキドキと高鳴った。

そんなことは知る由もなく、四ノ宮は〝すり……〟と優しく親指で目元を拭ってくる。

「……最初は、化粧の仕方もろくに知らなかったはずなんですけどね。コンシーラーの使い方までうまくなってしまって。寝不足も見逃してしまうから、商談の時以外は使わないでください」

「あ……」

言われていることが頭の中に入ってこないまま、あすかは四ノ宮の指先に意識を持っていかれていた。目元に触れていた手はそのまま頰をなぞって、唇へと移る。

「唇も。よく見ると荒れていますね。あなたは明日からしばらく残業禁止です」

「……は？」

「残業、禁止。意味わかりますよね？」

「待っ……できるわけがないでしょう！」

綺麗な顔で見下ろしながら無茶を言う四ノ宮に、あすかはハッと我に返って抗議した。

あすか個人が引き受けている単発の仕事はまだまだ残っている。とても残業せずにこなせるようなものじゃない。

「この広さの事務所を借りたのは、結果的に良かったと僕も思っていますよ。でもあなたの自室を二階に置いたのは間違いだった。いくらでも仕事ができてしまう環境は、無理にでもつくらないようにするべきでした」

「勝手なことをっ……」

「ボス」

たしなめるような声に体を縛られて。静かに制する目に、視線を絡めとられる。

「自分が苦労を被ることで解決しようとするのは、愚かです」

「っ……」

〝愚か〟と。そんな強い言葉で、四ノ宮に真正面から否定されたのは初めてだった。

「でも……」

「ちゃんと想像しましたか？　あなたが倒れたら、それで回らなくなった分の仕事を誰が補塡《ほてん》するのか。その時こんな風にあなたが身を削って会社を回していたと知ったら、社員がどんな気持ちになるのか」

「……倒れませんよ」

「そういう問題じゃありません」

あすかだってわかっている。自分のやり方がベストではないことも、四ノ宮が本当に自分のことを気遣って苦言を呈しているのだということも。怒ってもらえるのは有り難いことだ。

優しい言葉をかけてくれるけど、それだけであすかを道に迷わせることがない。だから独立する時、『一人だけ連れていっていい』と言われた瞬間、四ノ宮の顔しか浮かばなかった。

あすかはティーカップに口をつける四ノ宮の優雅な動きを眺めながら、思い出していた。

四ノ宮と、たった二人で独立した時のことを。

＊

三年前の皇あすかは二十五歳で、大手ネット通販会社である『ＭＣファクトリー』に勤続四年目の若手社員。新卒で入社した会社はとても刺激的だった。

ＭＣファクトリーは、ベンチャー企業でありながら急成長を遂げ、従業員数を六百人規模まで増やしたネット通販会社。新人にも分け隔てなく仕事を与え、自分の頭で物事を考えさせる社風は、社員を育てる風土ができていて漠然と〝好きだな〟とあすかは思っていた。

今とは違って化粧っ気もない。機能性重視のカジュアルなファッションに身を包み、切るのが面倒で伸ばしていた髪を高い位置でひっつめ、社内を走りまわっていた。相手によって態度を変えることなく仕事を推し進めていたから、周囲と衝突することもしばしば。

四ノ宮悦は、その頃のあすかの先輩にあたる。ただし仕事で一緒になることはなく、お互いについてはほとんど知らない。たまに休憩スペースで顔を合わせた時に二、三言葉を交わすくらいの関係性だった。

「お疲れさまです」

「ああ、お疲れ」

だから、この時もそうなんだと思っていた。カウンターチェアに一人分のスペースを空けて四ノ宮の隣に座った時。いつも通り挨拶をして、あとはお互い空気になる。休憩時間は個人のリラックスタイム。社員はみんなそう割り切っていたから。

けれど意外なことに、この時は四ノ宮のほうが言葉を続けてきた。

「きみはなかなか有名人なんだな」

言われて、あすかは四ノ宮のほうに顔を向ける。眼鏡をかけた端正な横顔が、紙コップでコーヒーを飲んでいるところだった。あすかは〝自分に向けて言ったんだろうか？〟と、確信が持てなかった。

「あの……私のことですか？」

「今この部屋にはきみと僕しかいないけど」

「ですよね。ええっと……有名人って？」

話しかけられたことにドギマギしつつ、先ほど言われたことについて尋ねる。四ノ宮はあすかのことを〝なかなか有名人〟だと言った。

四ノ宮は、紙コップの中身を見つめたまま話す。

「〝四年目の皇があちこちの部署とバチバチやりあってる〟って。最近どこに行ってもきみの名前を聞く」

「……そうなんですね」

あすかは手の中の紙コップを握り、なんとも言えず居心地の悪い気持ちになった。身に覚えがない……ことはない。この時あすかが主導で進めていたプロジェクトは新しい取り組みばかりで、調整事も多かった。各部署から〝前例がないから〟と断られて、あまりに話が進まないものだから、多少の無理も言った。

それがそんな風に噂になっているとは。あすかは言葉に迷ってから、言い逃れするように目を伏せて答えた。

「……多少は叩かれても仕方ないです。新しいことをしようと思ったら、自分だけじゃなく周りにも汗をかかせることになります。私はまだ若輩者ですし」

「意外と向上心がないね」

少し責めるような口調にビクッとして、もう一度四ノ宮のほうを見た。今度は彼もあすかのほうを見ていて、頬杖を突きながら、眼鏡の奥の黒目がしっかりあすかの目を捉えている。

「……〝向上心がない〟って、どういう意味ですか?」

品定めするような目にドキドキする一方、少しムッとしていた。自分は精一杯やっている。それを〝向上心がない〟とは。これまで自分の姿勢を否定されることがあまりなかったあすかの心に、四ノ宮の言葉はチクリと刺さった。

ただ四ノ宮の表情に、馬鹿にする様子はない。彼は真面目な顔であすかの問いかけに答えた。

「きみのやり方じゃだめだと思う」

「……だめって」

「仕事を進めようと思ったら、そりゃ多少の無理も必要だろう。でも、その無理を通した後はどうする？　次もまたきみは、強引に事を進めるのか？」

「……それは……」

「それは賢いやり方じゃない。新しいことをするのは立派だと思うが、社内で敵ばかり増やしてきみに良いことなんかないだろう。気持ちよく引き受けてもらえるように、もっとうまくやるべきだ」

言われていることはその通りだと思った。人と口論になるたび、〝これでいいんだろうか〟とあすか自身も思っていた。図星を突かれて気が滅入る。

黙って正面に向き直り、もうひと口コーヒーを飲む。ブラックの苦い味が喉を過ぎるのを感じながら、ちらりと横目に四ノ宮を見ると、彼も正面になおっていた。これ以上お説教をする気はないようだ。

（……変な人）

なんてお人よしなんだろう。わざわざ人の至らないところに踏み込んで。彼は、自分の直属の上司でもなければ、同じチームの人間というわけでもないのに。

年次が上がると人から叱ってもらえることは減っていく。とりわけあすかは、その落ち着いた雰囲気から周囲に怒られる経験が少なかった。だからこそ、この時四ノ宮に諭された言葉は、心に強く響いていた。

「……四ノ宮さん」

「なに」

「ありがとうございます」

「……驚いた。意外と素直なんだな」

彼の目は丸くなっていて、本当に驚いていた。その反応と〝素直〟と言われたむず痒さに、あすかは少しむくれて見せる。

「〝意外と〟って……。私たち、そんなに話したことないじゃないですか」

「たしかに」

(あ)

くしゃっと笑った四ノ宮の顔に、〝意外と〟この人、かわいいかもしれない……と思った。笑うと空気が柔らかくなる。こんな顔もできるんだ、と。

あすかだって、あまり話したことのない四ノ宮のことを、よくは知らなかったのだ。

それから二人は、この休憩室で他愛もない話をよくするようになった。あすかは四ノ宮に社内での根回しについてのアドバイスを乞い、四ノ宮も快くそれを教えた。

――独立を決めたのは、少し経ってからのことだ。四ノ宮のアドバイスによって少しづつ社内での人間関係を円滑にしていたあすかだが、ふと疑問が湧いていた。

〝みんな、何のために働いているんだろう？〟

仕事をする上でぶつかってきた人はみんな、社内での見え方を気にするばかりで、得意先のためになる選択肢を選ぼうとしなかった。それが一人や二人ならまだ良かった。上層部になればなるほど、その傾向が強いことに気づいた時、あすかは首を傾げ始めた。

「組織っていうのはそういうもんだよ」

いつもの休憩室で感じたままを打ち明けると、四ノ宮はそう諭してくる。達観した様子の彼の返答に、あすかは釈然としない顔をした。

「でも、仕事っていうのは、ほんとは誰かを喜ばせるために……」

「みんながきみのような考えを持っているわけじゃない。理想を言えばそれが美しいけど、ほんとは生きていくために仕方なく働いていたり、自分の名誉のために働いていたりするんじゃないかな」

「そんな」

「宝くじで一億当たったら明日にでも会社辞めるって人は、たくさんいると思うよ」

「……四ノ宮さんも？」

尋ねても、四ノ宮は肩を竦めるだけで質問には答えてくれない。

代わりにこんなことを言った。

「そういう人たちと働くことを嫌だと感じるなら、きみはきっとこの組織に向かないんだ」

「またそんなばっさりと……」

容赦ない言葉に心内でうろたえつつ、〝そうなのかもしれない〟と思っていた。組織に対して疑問を感じるのは、別に組織がおかしいわけではなくて、自分の感覚がそこからずれているのだと。だったら自分はどうすればいいのか。

その答えを与えてくれたのも、四ノ宮だった。

「独立を考えてもいいんじゃないか？」

「私が？」

ぎょっとして彼を見たあすかに、四ノ宮はいつも通りコーヒーを飲みながら言う。まるでそれが、何も特別なことではないという様子で。

「組織のやり方が気に入らないなら、きみが社長になってやりたいようにやってみればいい」

「そんな簡単に言いますけど……」

「会社を立ち上げること自体はそんなに難しいことじゃないよ」

「でも私、社会人経験ですらまだ四年目……」

「それはハンデになるのか？　大学を出て就職せずに会社を起こして成功した人はいるし、このご時世、高卒で起業する子だっているのに」

「……」

「皇さんには難しいか？」

とても意地悪な言い方だった。小馬鹿にするようにシニカルに笑い、あすかのことを焚きつけてくる。

「ほんとに、無責任なことを」

焚きつけられているとわかっているから、その言い草に腹を立てることはないけれど。

自分に過度な期待をして焚きつけてくる四ノ宮には少し困っていた。

（……でも）

やってやれないことはないのかもしれない。

あすかは負けず嫌いだったので、四ノ宮にこう言われて、〝できるわけない〟とも言いたくなかった。それに自分が現状に納得していない以上、何か行動を起こさなければいけないことは確かで。

――かくして、四ノ宮の言葉に背中を押され、あすかはほぼ迷わず心を決めた。そこから当時直属の上司であった神宮寺《じんぐうじ》に「独立します」と告げるまでに、そう時間はかからなかった。

「独立か」

「はい」

考えていた。

辞表を神宮寺のデスクに持って行った時の、値踏みするような目を今でも覚えている。上等な革張りの椅子の上で長い脚を組み、ハイブランドのスーツの裾から伸びる手で無精髭を撫でながら。手渡された辞表とあすかの顔を交互に見て、神宮寺丞《たすく》はその場で回答を考えていた。

「早いと思います」

「……早くねぇ？」

どうにか了承を得られるよう、あすかが言葉を付け足そうとすると――。

「ま、いいんじゃないか」

「……え？」

神宮寺はあっさりとOKした。

「独立、おおいに結構じゃないか。どこまでいってもお前は人に使われるの向いてなさそうだしなぁ」

「あの……」

さすがにあすかもここまで簡単に事が運ぶとは思っていなかったので、決意してきたにもかかわらずたじろいでしまった。

「なんだ」

「……すみません。ここまで、時間もお金もかけて育てていただいたのに。きちんと返せないまま出ていくことは、申し訳ないと思っているんです」

「あーいいよ、んなことは。むしろ出ていくのを怖いとは思わなかったのか？　三年以内に戻ってきたら迎え入れてやらないこともないけど」

「……」

「うん、いいな。〝絶対戻りませんけど〟って目ぇしてる」

完全な放任主義であった気がするのに、自分のことをよくわかっている上司。この人の下で、まだまだ勉強するべきこともあったんだろうなという気が、しないこともない。

だけど四ノ宮に焚きつけられたことで、あすかは自分の選択に自信を持っていた。

「ありがとうございます」

しっかりと深く頭を下げて最大限の感謝を示した。快く送り出してもらえて、これ以上のことはないと思っていたが、神宮寺はあすかの想像を更に上回る提案をしてきた。

「そうだ。餞別《せんべつ》に、一人うちの社員を連れていっていいぞ」

「……ええ？」

さすがにこれには戸惑いの声が出る。

「連れていってもいいってそんな……」

「もちろん、本人の意思を尊重するけどな。お前がもしそいつのことを口説き落とせたなら連れていっていい」

「いいです、そこまでは。社員は会社にとって財産でしょう」

「そうだよ。だから、お前の最初の財産を自分の手で掴みとってこい」

自分が辞表を突き付けたはずなのに、気づけば自分のほうが挑戦状を突き付けられていた。あすかは形のないそれを確かに受け取って、神宮寺のデスクをあとにする。自分のデスクへと引き返しながら考えていた。

（……最初の一人）

新しく会社をつくることは決めていた。どんな会社にしたいのかも、自分の中ではもうはっきりしている。けれど誰を仲間にするかは、まだこれから考えねばと思っていたところ。

この会社から一人連れていけるとして。誰が引き受けてくれるか……ではなく、〝誰が自分にとって一番必要か〟を考えれば、答えは決まっている。

あすかは自分の席に戻るのをやめて、その足で彼の元へと向かった。

「――――待て。だめだ、ごめん皇さん。意味がわからない」

四ノ宮がいつもの時間、いつもの休憩スペースでコーヒーを飲んでいるところをあすかは捕まえた。出会い頭に「私と来て！」とお願いして、秒速で引き抜きを却下された。

やっぱりだめか……と思ったものの、そう簡単に諦めるわけにはいかない。

あすかはカウンターチェアに座る四ノ宮の両肩をがしっと摑んで正面から目を見た。眼鏡の奥の瞳が戸惑っていることにも構わずに。

「お願い！　あなたじゃなきゃだめなんです！」

「っ、だから！　なんで僕なんだ！　もっときみに身近で、有能な奴なんていくらでもいるだろうっ」

休憩スペースにいた他の社員数名がなんだなんだと二人に注目する。半ば揉み合いのようになっている二人のやり取りを遠目に見る好奇のまなざし。いつもここで静かに会話をしている二人のこんな姿は、誰も見たことがなかった。

あすかは外野などまったく目に入らず、まっすぐ四ノ宮を見つめて言った。

「他の人じゃ無理だと思う」

「だから、なんで……」

「私のダメなところも、ちゃんと知ってるあなたじゃなきゃっ」

「……僕？」

あすかの勢いがあまって、いつのまにか襟《えり》に掴みかかられていた四ノ宮は、ぽかんとした表情で問い返す。あすかは大きく頷いた。

「四ノ宮さん、前にここで言ったでしょう。〝きみのやり方じゃだめだ〟って。〝賢いやり方じゃない〟って、教えてくれたでしょう」

「……言ったかな」

「言いました。それは、私の中からは出てこない答えだったから」

掴みかかった襟は決して離さない。鼻息を荒くして、あすかは気圧されたままの四ノ宮に向かって強く言葉を投げかける。

「有能なだけの人は要りません。私の言葉に黙ってついてきてくれるだけの人も、要りません。私にないものを持っている人が必要です。その上で、ちゃんとそれをぶつけてきてくれる人が必要なんです。たまには罵倒してくれるくらいの人じゃないと、困るんです！」

「……」

「だからっ……」

たくさん言葉を並べてみたけど、言いたいことは一つだけ。

「だから私、あなたが欲しいんです」

その言葉に四ノ宮は、雷に打たれたようにその場に固まっていた。

そしてしばらくすると、自分の襟を摑んでいたあすかの手をそっとはずす。

「……四ノ宮さん？」

「……それ、受けて僕にメリットがあるとは思えないんだけど」

俯いてそう答えた四ノ宮に、少し落ち着きを取り戻したあすかが〝ううっ……〟と困って見せる。

「メリット……メリットかぁ……。うん……たしかに」

「……前から思ってたけど、きみは本当に交渉事が下手くそだな」

「そうみたいです」

あすかが苦笑すると、それに合わせて四ノ宮もふっと笑う。今度はそれを見たあすかが柔らかく笑って、四ノ宮に言った。

「メリットは、ごめんなさい。今は特に思い付かないです。……だけど、私と良いことをしましょう」

「……イイこと？」

急に、四ノ宮がぼっと顔を赤くした。

その意味がよくわからなかったあすかは、落ち着いた調子で説得を続ける。

「新しく興す会社は、私たちの好きにできる。なかなか楽しそうだと思いませんか？」

「……わざとなのか……？　紛らわしいんだよ言い方が……」

「え？」

「なんでもない」

はあ、と深い深いため息をついた四ノ宮は、呆れた顔であすかを見た。

「ひとつは、その誘い文句を絶対に他の奴に使わないこと」

「ん？」

「きみについていく条件の話をしている」

「……来てくれるんですか！」

ぱぁっと明るくなったあすかの顔に、四ノ宮は照れくさそうな、複雑そうな顔をしながら眼鏡の位置をなおした。

「元はといえば僕がきみに〝独立しろ〟と言ったんだ。それで頑なに拒むというのも無責任だろう」

「そうですね。断られたら次はそれを交渉の材料にしようと思ってました」

「意外と抜け目ないな……」

「条件は一つだけですか？」

愕然とする四ノ宮にあすかが続きを促すと、彼は少し考えてからもう一つの条件を告げた。

「そうだな、もう一つ……。新しい会社では、僕の望むポストを用意してくれること」

「それはもちろんです。むしろ、四ノ宮さんが社長でもいいと思います。私は自分の理想の会社をつくれたら、それで――」

「何言ってるんだ、社長はきみだろう。……僕には秘書のポストを」

「……秘書？」

「もちろん実務もやる。だけど、いついかなる時もそばに置いて、きみが最初に相談するポストを。これから立ち上げる会社が将来どんなに大きくなったとしても、僕にそのポストを与え続けること」

「条件はその二つだけ？」

「そうだよ」

「わかりました、飲みます。どうぞよろしく、四ノ宮さん」

一瞬も迷わず条件を飲むと、あすかは先ほどまでの剣幕が嘘のように晴れやかに笑って、四ノ宮に手を差し出した。四ノ宮は〝本当にわかってるのか？〟と探り探りの表情でその手を取る。握手をしながら、四ノ宮は言った。

「きみが主人なら、僕のことを〝四ノ宮さん〟と呼ぶのはおかしいな」

「……そうでしょうか？」

「僕のことは呼び捨てに」

「四ノ宮？」

「そうですね」

「いえ、四ノ宮さんのほうが年上ですし、それはちょっと……」

「追い追い慣れていってください。社長はそのほうが自然です」

「……ちょっと！　なんで急に敬語なんですか！」

「社長に対してタメ口はきかないでしょう。これも慣れてください」

「やりにくい……！」

わざと態度を変えられて、恐縮して困るあすか。その様子を楽しむように、四ノ宮は意地悪く、あすかを恭しい態度で扱う。

ずっと〝やめてください！〟と怒っていたあすかだが、言葉のラリーが止んだタイミングで、気が抜けたようにふふっと笑った。

「あれ？　今の何かおかしかったですか？」

「いえ、なんか……こんなやり取りも、仲良さそうでいいですね」

機嫌よく笑うあすかを、四ノ宮はこれまでになく柔らかいまなざしで見つめていた。

――こうして、あすかはノゼットの最初の社員を獲得した。揃って会社を辞める二人を、周囲は〝あの二人ってそんなに特別な関係だったのか……？〟と不思議がった。神宮寺は「四ノ宮さんを連れていきます」と報告しにきたあすかに、「お前ああいう男が趣味なの？」と茶化して笑うだけで――。


「――社長っ！」

ノゼットが開業届を出したその日、まだガランとしていた事務所に、四ノ宮の怒る声が響いた。

「わ、わ……怒らないで、四ノ宮さん！」

「怒るでしょう！　なんで勝手に契約したんだきみは……！」

「まあ、まあ」

どうどうと秘書の怒りをなだめながら、あすかは自分一人で契約を決めてきた事務所を見回して言う。

「…………広いですね」

「広すぎでしょう、どう考えても……。しみじみ言わないでください」

「後悔はしてないです」

「反省してください。こんな大きな事務所、早すぎる……。もっと社員が増えてからでも遅くは……」

「すぐに増えますよ」

断言されて、四ノ宮は口をつぐむ。

「だって私は、仲間が欲しくて会社をつくったんですもの」

よっ！　と声を出して段ボールを持ち上げる。前の会社から持ってきた私物はたいした量ではないので、新しいオフィスはまだしばらく殺風景なままだ。四ノ宮は呆れたため息をついてもう一つの段ボールを持ち上げ、部屋の隅に置いた。

「それにしても、会社って案外簡単にできるんですねぇ」

「つくるのが簡単なだけです。続けていくのが難しい。なんだってそうでしょう、社長」

「……社長はやめましょうよ、やりにくい」

「じゃあ、〝ボス〟」

「それもちょっと……いかついです……」

「文句ばっかりうるさいですね。それより、早速秘書の仕事をしたいんですが」

「うん……？」

なになに？　と目で関心を訴えるあすかに、四ノ宮は階段のところに座るよう促した。

「地べたに座れとは何事ですか……！」

「はいはい。ほんとは気にしないくせに。ほら早く座ってください」

「はい」

　ふざけて社長然としてみたけど一蹴されて、素直に階段の段差に腰掛ける。入居したばかりの事務所には、まだあすかと四ノ宮のデスクすら届いていなかった。

　こんなところに座らせて、四ノ宮は一体何をするつもりなんだろう？　不思議に思って後ろを振り返ると、彼はあすかの後ろで三段上に腰掛けた。

「髪、触ります」

「ん？　はい……」

　了解を取るなり四ノ宮は、あすかの髪を櫛で梳《と》かし始めた。

「……秘書の仕事ですか？」

「うん」

「むず痒いです、なんだか」

　自然に触れ合う分にはなんとも思わなかった相手でも、髪を触られるとさすがにドキドキした。恥じらう気持ちを隠そうとするあすかとは対称的に、四ノ宮はずばっと言ってのける。

「きみは外見に無頓着すぎる」

「え」

「前から常々思っていたんです。まず服がダサい」

「ちょっと」

「それから髪。〝仕事するのに邪魔だな〟くらいにしか思ってないんでしょう？　いっつも適当に縛られてて、頭皮がかわいそうだ」

「な」

「あとは化粧ですね。手抜きにもほどがある。眉しか描いてないんじゃないですか？」

「……ファンデーションも塗ってます！」

「気づかなかった。塗るのが下手くそですね」

「鬼ですかあなたは……！」

言われた言葉がグサグサと刺さって、あすかはさっきまでとはまったく違う種類の羞恥心に襲われた。男性に触られた照れとはまったく違う、女としてだらしない部分をあげつらわれた恥ずかしさ。ずんと気分が沈んで死にたくなる。

「……できました。今度は顔。こっちを向いてください」

もう好きにすればいい。どうにでもして……という気持ちで振り向くと、四ノ宮の両手があすかの頬を包んだ。至近距離で目が合って、羞恥心はまた別のものに変わっていく。

「……無頓着そうだけど、肌は綺麗ですね。スキンケアだけは力入れてるんですか？」

「……いや、特には」

「改めるように」

「はい……」

四ノ宮の手が触れて、コットンに染み込ませた化粧水を肌に馴染ませ、自分の手の甲で

色を試したファンデーションを塗っていく。されるがままでいると、少しずつ四ノ宮に肌を作り替えられていくような気になった。そっと剝かれていくようような。生まれ変わるような。指先の温度を敏感に感じ取りながら、あすかは何かしゃべっていないと気まずくて口を開いた。

「……素朴な疑問なんですけど」

「うん」

「手慣れてるのは、どうしてですか？」

「前の前の仕事が美容師だったから」

「……えぇっ⁉」

予想もしなかった回答に動揺したあすかは、思わず顔を大きく動かしてしまった。パフでパウダーを丁寧にはたいていた四ノ宮は手元が狂ったようで、「あ、こら」と小さくつぶやく。左手であすかの頰を包んで顔を固定しなおした。

「なんだ、知らなかったんですか」

「聞いてません！」

「言ってないけど。……よし。ボス、口紅塗るから黙ってくれますか」

「ん……」

四ノ宮に見下ろされながら、大人しく口紅を引かれている。言いたいことをたくさん口の中に押し込めて、押し込めきれない分が目に出る。あすかはじっと四ノ宮を見つめたけれど、彼は口紅をはみ出させないことに真剣だった。

〝前の前の仕事〟という言葉に、そういえば彼が自分よりも年上で、転職組だったことを思い出す。

「……うん、おっけーです。しゃべっていいですよ」

「なんで美容師をやめたんです？」

「直球ですね」

四ノ宮は口紅を化粧箱の中にしまって、また別のものを探してごそごそと漁りながら答えた。なんでもないことのように。

「それほど夢中になれなかったからです。実家が美容院だったんで、いつかは継ぐつもりで専門学校に行ったんですが」

「へぇ」

「卒業してから二年間サロンで働いて、〝これじゃないな〟と思って辞めました」

「……ほぉ」

初めて知った事実にテンションが上がり、辞めた理由についてはどう反応していいものか困ってテンションが下がる。当の本人は声の調子を変えずに淡々と語るけれど。

自分が見てきた限りではスーツ姿しか知らない彼が、少し昔は美容師として人の髪を触り、トークでお客を楽しませていたということ。あすかにはどうにもうまく想像できない。

「美容師、似合わないって思ったでしょ」

「いえ……そういうわけではないんですけど」

「僕自身は、似合わないって思ってましたよ。髪を触るなら集中して触りたかったし、退屈させないことまで考え始めると嫌に疲れてしまって。自分の適性くらい把握しとけって話なんですけど」

自嘲気味にそう言って、今度はあすかにチークを施した。数種類ある色の中から選ばれたローズピンク。ブラシが頬を撫でる感触がくすぐったい。

ここで黙ってしまうのが嫌で、あすかは率直に気になったことを口に出していた。

「MCファクトリーは？」

「ん？」

「〝これだ〟って感じは、なかったんですか？」

自分が彼を連れ出してきてしまった場所。〝美容師は違う〟ということに気づいた彼がたどり着いた場所から、あすかは連れ去ってしまったとも言える。同意の上だということを差し引いても、その場所に未練がなかったのかは気になっていた。

それに対しても四ノ宮は淡々と答えた。

「正直、未練はなかったですねぇ。つまらなかったわけではないんですが、これじゃないといけないってこともなくて」

「そうですか……」

「……逆なのかもな」

「逆……？」

淡々としていた四ノ宮の声が、一瞬低くひそめられた。思うところがあるような口ぶりに彼の目を見る。一瞬ぼーっとしていた四ノ宮と、至近距離ではたと目が合った。

「……逆、って、どういう……？」

「あ、いや……僕が〝これじゃないといけない〟って思えなかったって言うよりは逆に……。美容師も、ＭＣファクトリーの社員でいることも、自分じゃなくてもいいというか」

「……」

「……なんだか、いい歳して子どもみたいなこと言ってますね。すみません。仕事なんてそもそも代替の利くものがほとんどなのに。その中でみんな一生懸命働いてるのにね……馬鹿なことを言いました」

「でもそれが本当の理由なんでしょう？」

至近距離であすかがまっすぐに見つめると、四ノ宮はそらせなかったのか押し黙って見つめ返してくる。

「だったらそれは、あなたにとって大事なことなんでしょう」

「……」

「〝みんな割り切ってるから〟なんていうのは、どうでもいいことなんだと思います。少なくとも、自分だけの仕事を探しちゃいけない理由にはならないはずです」

「……うん、確かに」

四ノ宮は目を細めて、化粧を完成させたあすかの顔をゆっくりと触る。手には何の道具も持っていない。触る理由は、もう何もないように思う。

けれどそうして触れてきた手は、あすかにとって不快ではなかった。そっとその手に自分の手を添えて、微笑んだ。

「四ノ宮さんに〝これが天職だ〟って思ってもらうのが、私の目下の目標になりますね」

「……それはあなた次第です」

「そりゃそうでしょう、私が社長なんですから」

「まあ……うん、そうです」

気持ちが繋がったような気がしたし、一方で少しかみ合っていないような気もする。そんな不思議なやり取りだった。

少しして「そろそろ手を離してください」とあすかが照れながらお願いすると、四ノ宮は陶器のような頬からそっと手を離して、身を屈めて視線を合わせてきた。そしてふっと笑って言った。

「ボス、特訓しましょうね」

「……特訓？」

「ええ。化粧と、スキンケアと、ファッションと……あと美しい立ち居振る舞いも」

「え……？」

「猛特訓です。大丈夫、頭で考えなくてもできるようになるまで、体に叩き込んで差し上げますから」

「四ノ宮さん……？」

ひくっと顔を引きつらせるあすかと、にこにこと笑う四ノ宮。実際にこのあと、あすかは四ノ宮にたっぷりと時間をかけて調教されることになる。この時はまだその予感だけで。連れてきたのが四ノ宮で本当に正解だったんだろうかと恐れ始めていたあすかに、四ノ宮は言ったのだ。

「あなたの容姿はきっと、あなたがやりたいことをやるための武器になりますよ」

「……はい」

やけに自信をもって秘書がそう言うから、信じないわけにはいかなかった。あすかがほんの少しでも自分の容姿や顔面に価値を感じたのは、実はこの時が初めてだったりする。

＊

そうやって四ノ宮は三年かけてあすかを少しずつ変えていった。ひっつめ髪は下ろすように。ブローの仕方を教え込まれ、トリートメントを義務付けられた。どんなに急いでいる時も決して走らず、大きな音をたてず。社員の上に立つなりの威厳は普段の振る舞いによって醸成されることを、あすかは耳にタコができるほど言い聞かされた。

飲んでいたオレンジピールのハーブティーをテーブルの上に置いて、彼は昔も今も変わらず、厳しい口調であすかをたしなめる。

「いいですか。残業はほんとに、禁止ですからね」

「わかりましたってば」

それを心地よく感じていることすら、彼には内緒だ。

三章　媚薬のススメ

四ノ宮から〝残業禁止令〟を出されたが、実際問題、残業をしないことは不可能だった。なぜなら、追加で受注した案件には四ノ宮が知り及ばない分もあったから。あすかの業務量をすべて把握しているつもりの彼は〝残業なしでいける〟と思っているが、全然いけない。

結局あすかは、定時になると「ショッピングしてくる」と言って適当にカフェに入り、こっそり仕事をして、四ノ宮が退社する頃を見計らって事務所に戻った。

「あーボス、お帰りなさーい」

伸びやかな声で挨拶をしてきたのは、入間紗映子。

「お帰りなさい」

入間に続いて短く挨拶をしてきたのが岸田葵。夜八時の事務所で、今日はこの若い二人だけが残業のようだ。

「ただいま。二人とも今日はなんでこんな遅くまで？」

あすかは自分のデスクの上に荷物を置いて、パソコンを起動しながら二人に尋ねる。入間がけろっとした顔で答えた。

「明日更新の特集ページ作業です。岸田と最終チェックしてたんですけど、〝なんか写真がいまいちだね〟ってなって。可能なものだけ撮り直してました」

「でも、今終わったところなので……」

この二人のこだわりはすごい。残業はほどほどにプライベートを大事にしてほしいと思うけれど、良いものを追求する気持ちを否定したくはない。〝もう終わった〟という岸田の言葉を聞いて、あすかは二人を労うように笑った。

「お疲れさま。もう暗いから、帰りは気をつけて」

「ところでボス、パソコンの電源入れてますけど残業禁止なんじゃ？」

うっかりしていた。二人が退社してから取り掛かればよかったものを、〝早く片付けたい〟という気持ちが先行して手が動いてしまった。

「いえ……その、メールチェックだけ」

「……ボス、目が泳いでる」

ぼそっとした声で岸田に指摘されて、あすかは〝ううっ〟と困る。嘘をつくのは苦手だ。特に社員に対しての嘘は、本当に苦手。一気に不誠実な感じになるから。

罪悪感に負けて、二人に本当のことを打ち明けた。四ノ宮に残業禁止を言い渡されているものの、残業しないと終わらない量の仕事を抱えていることを。でもそれは、怒られるから絶対に四ノ宮にはバレたくないということも。

それを聞くなり、入間は〝うくくっ〟と面白そうに笑った。

「〝四ノ宮さんに怒られたくないから〟ってボス……そんな子どもみたいな！　萌えるからやめて！」

なぜ萌えるのか。

入間のよくわからない反応にあすかが戸惑っていると、岸田が口を開く。

「ボス。……それなら私、手伝う」

「えっ、いや、それは大丈夫。この時間まで頑張ってくれたのにこれ以上は、申し訳ないし……」

「私も手伝いますよ、ボス。三人でやれば三倍のスピードで終わるじゃないですかー！　そしたらボスも早く寝れるし、終電を逃す私たちはボスと一緒に寝れるし、みんなハッピー！」

「でも……っていうか終電を逃す前提なの？　しかも私のベッドで寝るの？」

「嫌とは言わせませんよ！　ついでに言うと、ボスに拒否権はないです！　なぜなら拒否したら私が四ノ宮さんにチクるから！」

「入間……！」

味方なのか敵なのか……！

結局、入間に押し切られ、二人に作業を手伝ってもらうことになった。実際二人は手を動かすスピードが速く、あすかの想定よりもずっと短い時間で業務を終えることができた。──ただし、その頃には入間の目論見通り、終電の時間は過ぎていた。

「祝！　お泊まり決定～！」

深夜残業後だというのにテンション高く喜ぶ入間。その横で岸田も、ぱちぱちと手を叩き嬉しそうにしている。

あすかの自室のベッドは決して大きくない。三人で眠るとなるとなかなか狭苦しいのに、何をそんなに喜ぶことがあるのか……。あすかには理解できなかった。

「泊まるのはまったく構わないけど、寝間着になるような服があるか……」

「あ、そこはお構いなく、ボス♡　お泊まりセットあるので」

「なんで!?」

「私も、持ってる……」

「岸田も!?」

どうやら二人が確信犯だったらしいことに、あすかはだいぶ時間が経った後で気づく。

順番にシャワーを浴びて、髪を乾かし、歯を磨いて。全員が就寝の準備を整える頃には、時刻は深夜二時を回っていた。事務所の二階にあるあすかの自室のベッドの上に、女三人でぎゅうぎゅうと寝転がる。

「待っ……ちょっと、入間！　変なところ触らないでっ……」

「仕方ないじゃないですか～」

「そりゃ狭いけど、そんなくっつくこと……」

「仕方ない仕方ない。こんなところに零《こぼ》れんばかりのお胸があったら」

「入間！」

むにむにと揉んでこようとする入間の手を力技で食い止めて、彼女の手を掛布団の中にしまう。明日も午前中から仕事なんだからもう寝たい！　残業よりも疲れる！

あすかが入間と格闘していると、ベッドの隅で岸田がぽつりとこぼした。

「……このベッドで、ボスと四ノ宮さんは……」

「……え？」

岸田はそれ以上は何も言わず、じっとあすかの目を見た。あすかは慌てて弁解する。

「……待って、岸田。そんな誤解を生みそうなところで言葉を止めないで」

「そうだよ、岸田。はっきり言いなよ！　ボスと四ノ宮さんはこのベッドでギシギシアンアン……」

「入間は黙って！」

「冗談ですよぅ」

ちぇー、と口を曲げつつ、ごろんと仰向けになる入間。左右からの静と動の猛攻に挟まれて、あすかは疲れ果てていた。この二人はどうも、四ノ宮とのことを冷やかしてくる節がある。

あすかはうつ伏せで頭を抱えながらため息をついた。

「もうっ……こんな冗談を言う相手は、絶対に私だけにして。四ノ宮さんにはやめてね」

四ノ宮がいるところでこんないじられ方をしてしまったら、あすかは気まずくて彼と顔を合わせられなくなってしまう。

岸田と入間が言った〝このベッドで二人は……〟という話を少しだけ想像して、こっそり〝ぼぼっ！〟と頬を熱くしたあすかに、入間は違う話題をぶつけてきた。

「じゃあ、四ノ宮さんの話題は置いておくとしてですよ。ボスはどんな恋愛をしてきたんですか？」

「え？」

「それ……私も気になる」

普段口数の少ない岸田さえも前のめりにぐいぐい迫ってきて、あすかはたじろぐ。就寝前のちょっとした雑談タイムのはずが、二人の追及する目は本気だ。

「……そ、そんなこと知って、一体何に……」

「だってボスってば、こっちの話は聞いてくれるけど、ボス自身の話は全然してくれないじゃないですかー！」

入間の言葉に、反対側で聞いていた岸田がこくこくと激しく頷く。たしかにあすかは自分のプライベートを話さない。……というか、話して面白がってもらえるようなトピックスが何も思いつかない。自分の時間はほとんどを仕事に費やしてきた。特に恋愛なんて呼べるものは、さっぱり……。

「言い寄られたことがないとは言わせませんよ？　すっと綺麗な目に、通った鼻筋と艶っぽい唇！　その上プロポーションも抜群なんですから、寄ってくる男はごまんといたでしょう！」

「そんなわけが……」

〝ごまんと〟なんていない。けれど――まったくいなかったと言えば、嘘になる。独立して四ノ宮に化粧を教え込まれて以来、それなりの見てくれになったあすかに言い寄ってくる男は確かにいた。

しかし、あすかはその男たちの顔をよく思い出せないし、頑張って思い出す価値すらないと思う。げんなりとした顔で口を開いた。

「……いるには、いたけど」

「ほらやっぱり！」

「でも良い出会いはなかったな……。なんか、嫌な人ばっかりだったし」

「ありゃ。そうなんですか？」

「まだ起業したばかりの時でも、同じようなベンチャーの社長と会う機会が多くてね。〝自分に自信がある〟と言えば聞こえはいいけど……なんかちょっと、いけ好かないというか」

「いますよね〜。〝俺金持ってるけど？〟みたいな男ですよね。やだー」

入間の極端なたとえに苦笑しつつ、あながちはずれていないと思った。確かにそんな感じだったかもしれない。お金だけに限らず、人脈や家柄。そういったものばかりを前面に押し出してくるような男性たちに、あすかは人間的な魅力を一つも感じなかった。

「じゃあ、逆にボスが〝いいな〟と思う人ってどういう人なんです?」

「……んー」

いつの間にか最初の抵抗感は消えていた。聞き上手な社員二人に挟まれて、あすかは真剣に考える。自分の恋愛観についておざなりにしてきたせいもあるかもしれない。一度思考を巡らせてみると、自分の知らない自分に出会うような感覚で新鮮だった。

熟考の末、自分の理想のタイプを打ち明ける。

「……礼節があって、誰に対しても親切な人かな」

「へぇ～。なんか、ボスっぽいですね!」

いたずらに〝いしし〟と笑われ、少し照れる。やっぱりこういう話は恥ずかしいかも。

そう思いつつ、ごまかすように話にオチをつける。

「でも、〝この人いいな〟って思う人に限って、絶対に相手にされないから」

「えー。んなことないでしょう」

「ある。腰の低い人ほど、なぜか委縮されて……」

「あー……ボス、雰囲気ありますもんね」

〝雰囲気〟が何を指すのか、あすかにはわからなかった。褒められているのか貶《けな》されているのかも、微妙なところな気がした。でもどちらでもいい。

「だから、大人になってちゃんと交際した人はいないの。実は」

「そうなんですねぇ……」

変に見栄を張っても仕方ないと、あすかがさらっと打ち明けたことに、入間も岸田も大きな反応は示さなかった。てっきり馬鹿にされるものと思っていたから、意外で。

拍子抜けしているあすかに向かって、岸田がゆっくりと言葉を紡ぐ。

「……いいと思う。適当な人と付き合うより……」

「私もそう思う。だって、ボスが〝彼氏♡〟とか言ってそのいけ好かない男を連れてきたら幻滅しますもん。断固反対ですよ」

いや、仮にいけ好かない男と付き合ったところで紹介しないけども……。

ずれたことを言われているものの、フォローしてくれる言葉に嬉しくなって、あすかはふっと口元をゆるめた。

その時、すかさず入間が次の質問を投げかけてくる。

「その点、四ノ宮さんはどうなんです？」

「えっ」

また急に四ノ宮の名前が話題にのぼり、あすかはドキッとして身を固くした。入間が畳みかけてくる。

「ボスのほうはどうか知りませんけど、四ノ宮さんは絶対にボスのこと女として見てますって！」

「なっ、何言っ……彼は、そういうのじゃな……」

「いいえ、そういうのです！　私がボスに迫ってる時の怒る目が本気ですもん！　それにこの間、隠し撮りを〝焼き増せ〟って言ってきたでしょ？」

「言ってたけど、あんなの冗だ……」

「あの後！　四ノ宮さん、私の顔を見るたび〝プリントはまだか〟ってうるさいんですから！」

（四ノ宮……！）

ついい心の中で呼び捨てにしてしまった。

あまりの恥ずかしさに手で口を覆い、ぐったりと枕に顔をうずめる。頭上から、確信したような二人の声が降る。

「ボス……その反応だと」

「ボスも四ノ宮さんのこと、男として見てるんですねぇ……」

否定しないわけにもいかないので。

「…………見てない！」

と、言ってみるけれど、その声からして答えは明白だった。あすか自身ですら〝ああこれはもう……〟と思い知らされてしまうほど。声は上擦り、心臓はバクバクと脈打って、痛いくらい。

（だけど私がどう思ったところで、四ノ宮さんは……）

今更自分のことを、〝ビジネス上のパートナー〟以上に思ったりはしないだろう。それに……もし仮に、もしも。ほんとにもしも、四ノ宮があすかに恋愛感情に近い気持ちを抱いていたとして。あんなに自分に対して遠慮して見せる四ノ宮が、手を出してくるはずがない。二人きりの時でさえ「尊敬している」と一本線を引いてくる四ノ宮が、自分をどうこうしようなどとは……。

考えれば考えるほど自分の欲望が浮き彫りになる気がして、もう深く考えるのをやめたかった。

そんなあすかに、入間が頼んでもないアドバイス。

「ボス。どうにも進展しそうにないなとお悩みなら、一つだけ簡単な手段が」

「……なあに？」

〝別に悩んでないけど〟と言い訳しつつ、入間のアドバイスに耳を傾けた。それが悪魔の囁きとも知らず。

「男をその気にさせたいなら、下半身に訴えかければいいんですよ」

「……入間、最低……」

部下を否定するようなことは言わないように気をつけていたが、この時ばかりはぽろっと口から出てしまった。しかし当の入間は堪えることなく、逆に〝ボスに罵られたー♡〟と喜びながら、こう続けた。

「人間の三大欲求ですからね。四ノ宮さんにだって性欲はあります！　それをちょこーっとだけ刺激して、ボスからガバッといってしまえばいいんです！」

「刺激って……そんな簡単に言うけど」

突っ込みどころはそこではないけれど。

「簡単ですよ。媚薬使っちゃうとか！」

〝バッ！〟とあすかが、入間の言葉に合わせて急に体を起こしたので、両サイドにいた二人は驚いて目を丸くした。

「なっ……なんですかボス、冗談ですよぅ」

「ああ……いや」

別に、怒って体を起こしたわけじゃない。あすかはただびっくりしていた。入間の言葉に、自分が今持て余しているモノの存在がバレてしまっているのではないかと。

あすかのデスクの中にひっそりと眠り、彼女を悩ませているものこそ――〝媚薬〟だった。

*

そんなに簡単にうまくいくもの？

というか、それは人としてどうなの？

深夜残業からのガールズトークで、結局あまり睡眠時間を取れないまま迎えた朝。入間と岸田を一度帰宅させ、二人に午前休を取らせることにした。あすかは身支度を整え、既に人の声がする事務所へと下りていく。

一段一段階段を下りながら考えていたのは、昨晩入間から提案された媚薬の使用について。

（〝下半身に訴えかけろ〟とは……）

あの後も、四ノ宮への恋心を否定するあすかの言葉を無視して、入間はあらゆる色仕掛けの方法を指南してきた。媚薬を混ぜるタイミング。媚薬が効いてきてからの迫り方。

「ま、全部冗談ですけどね！」とその都度茶化されたが、現に媚薬を所持しているあすかは〝冗談〟と言われても聞き入ってしまって。検討してしまって。

階段を下りきって、出社していた数人の社員に「おはよう」と声をかけつつ執務スペースに足を踏み入れる。

デスクでパソコン作業をしていた四ノ宮と目が合った。

言葉を交わさないけれど、静かな目は不機嫌そうだ。眼鏡の奥の冷静な瞳。〝また残業しましたね〟と目が怒っている。これは、後でお説教をくらうパターンのやつだ。どうしてバレたんだろう。

怒られるのが嫌でドキドキしているのか。昨日の入間と岸田の話のせいで、意識してしまってドキドキしているのか。

どう考えても後者で、あすかは自分の気持ちをごまかすことに限界を感じていた。

仕方ない、と観念するように息をついて、彼に声をかける。

「四ノ宮さん」

「はい」

「今晩……？　作業は詰まっていますか？」

「今日は、そこそこですね。夕方から八時頃までに確認する仕事が数件あります」

「じゃあその後。予定は？」

「ありません」

「相談があります」

「承知しました」


夜が更けて、四ノ宮が今日の業務を終え、あすかも自分の作業を捌《さば》ききり、社員のほとんどが帰宅した頃。あすかは四ノ宮を社長室に呼び出した。夜九時過ぎのことだ。

「失礼します」

「ああ、ごめんなさい。こんな時間に。座ってくれますか？」

四ノ宮のスーツ姿は夜になってもよれない。見た目が何より重要で信頼に関わると考えている彼は、いつだってスマートだ。それは努力に裏打ちされたものだということをあすかは知っている。

部屋に入ってきた四ノ宮に、ソファに座るよう勧めた。あすかは四ノ宮に背を向け、準備していたコーヒーメーカーからマグカップに淹れたてのコーヒーを注ぐ。

その時に、あすかは〝えいっ〟と思い切り、手の中にあった媚薬を混入した。

（……やってしまった！）

「ボス、やりますよ」

「いいです！　もうできるから座ってて」

「はぁ……」

声を裏返しながら頑なに役割を渡そうとしないあすかに、釈然としない様子で四ノ宮はソファに座りなおした。あすかは、動揺で大きくなってしまった声を不審がられてはいないかとドキドキしながら、マグカップを落とさないように彼の元に運ぶ。

「どうぞ」

そっとローテーブルに出したコーヒー。四ノ宮の分には、砂糖もミルクも入っていない。しかし媚薬は入っている。

「ありがとうございます。……それで？」

早速コーヒーに口を付けながらそう促す。向かいに座ってドギマギしながら彼の様子を窺っていたあすかは、一瞬きょとんとしてしまう。

「……え？」

「〝え？〟じゃないでしょう。相談があると言って呼び出したのはあなたなのに」

「ああ……そうですね」

口、付けちゃってる！

自分で媚薬を混ぜたくせに、四ノ宮が口を付けてしまったことにビビり、口元に目が釘付けになる。

（ああ、本当に飲んでしまった……）

正直もう相談どころではないのだけど、あすかは必死で頭を働かせ、言葉を探す。普段であれば、相談したいことは山ほどある。

「……熊木さんが言っていた、うちの業績のことなんですけど」

本当に相談したかったことをどうにか思い出し、話題に出す。砂糖とミルク以外に入っていない自分のコーヒーに伏せていた目を、ちらっと上げて四ノ宮の様子を窺う。彼はマグカップを持ったまま静かにあすかの話を聞いている。

あすかが使った薬に、即効性はないらしい。もしかして、〝媚薬〟というのは冗談だった？　……ありうる。もらった相手が相手なだけに、ただのビタミン剤を〝媚薬〟と偽って渡された可能性も充分にある。

拍子抜けしつつ、緊張を悟られないように話を続けた。

「当初の業績目標を達成していないというのは、やっぱりまずいと思うんです」

「ああ……まだ気にしていたんですね」

「どうにかしないとって、ずっと思っていて……」

「だから、僕との約束を破ってまた残業ですか」

「……どうしてわかったんです？」

「顔を見ればわかります。後ろめたいことがあるとき、すぐ顔に出るんですから」

それなら今も？　媚薬を仕込んでしまった後ろめたさは見抜かれている？

更なる緊張で体を固くしていたら、四ノ宮はため息をついた。

「バレなければいいという問題じゃないでしょう。子どもですか」

今のこの後ろめたさまでは、四ノ宮は見抜いていないようだった。

チクッと刺す言葉にあすかは顔をしかめ、手の中のマグカップをぎゅっと握る。多少の残業は必要だと言っているのに。

（このわからず屋）

心の中で文句を垂れつつ、冷静に言葉を返す。

「どうしても昨日のうちに打ち返しておきたい案件があったので」

「そんな話は初耳です。相談されてない」

その返しで、あすかが思う以上に四ノ宮が怒っているらしいことを理解する。ちらりと四ノ宮の目を見ると、じっと静かにあすかの目を見つめていたので、視線に負けて目を伏せた。手の中のコーヒーが小さく波打つ。

「昨日は結局、入間と岸田が手伝ってくれて、そんなに遅くまでは……」

「そんなに手が回らなくなる案件なら、ちゃんと調整して人を付けます。でも相談してくれないことには何もできない」

「……言ったら反対するんじゃないかって」

「反対するでしょうね。だってあなたは、焦ってるだけだ」

「……ごめんなさい」

思っていた以上に強い叱責だった。怒られるとは予想していたものの、これは結構堪える。

絶対に甘やかすようなことを言わないから、四ノ宮は信頼できる。でも四ノ宮に冷たいことを言われると、他の誰に言われるよりも胸が痛い。自分の心はなんとも厄介にできているなぁ、と思いながら。あすかは少しだけ、弱音を吐くことを自分に許した。

「わかってます……わかってるんですよ。私は焦ってる。でも、どうしたらいいんでしょう？」

経営者として、どこまでいけば及第点かもよくわからない。だけど今のままではよくない気がしている。漠然とした不安に襲われて、あすかは自分のキャパぎりぎりの仕事を抱えなければ落ち着かなかった。それは決して、経営者として正しい姿ではないとわかりつつも。

「どうしたらいいんですか？　四ノ宮さん」

珍しく弱った顔で四ノ宮を見つめる。

すると、しばらく目を伏せていた四ノ宮がそっと視線を上げて——強烈な目で、あすかを見た。その射貫くような目にあすかの胸は高鳴る。

「……ボス」

「……うん？」

見つめられながら呼ばれただけなのに、ドクンと心臓が大きく脈打つ。この胸の痛みは、なんなんだろう？

傷ついたせいでもなく、恐れでもなく。仕事への焦りでもなく、自分への失望でもない。この痛みは確かに四ノ宮に対して反応している。――わかっている。頬まで熱くなる理由なんて、一つしかないのだ。

きゅっと痛む胸を押さえながら声を出した。息が熱い。

「こんな情けないこと、四ノ宮さん以外には言えません」

「随分、僕はあなたに信用されているんですね……」

「それだけの付き合いをしてきたつもりです。……あなたは違うんですか？」

「っ」

あすかが不満げに、伏せた目から上目遣いで問いかけると、四ノ宮は苦々しく顔を歪めた。なんだか様子がおかしい。……もしかして、媚薬が効いてきている？　本当に媚薬だった？

やけに苦しそうな顔を気にかけるようにして、あすかはソファから立ち上がり四ノ宮の隣へと行く。

「だめだ、ボス」

「大丈夫ですか……？」

汗が、とつぶやいてあすかが彼のこめかみに手を伸ばそうとすると、バッと距離を置かれる。四ノ宮はあすかから離れるようにソファの端へと移動した。

「……四ノ宮さん？」

「――近寄らないでください」

「え」

不意に拒否されて、あすかは呆然としてしまう。四ノ宮は眉根をひそめ、依然として苦しそうだ。

あすかは傷ついていた。理由はどうあれ、四ノ宮がこんなにはっきりと彼女を拒否したのは、二人で会社を興してから初めてのことだった。

「……近寄るなとは、なんですか」

それが自分の仕込んだ媚薬のせいであったとしても。

「ボス」

反発するように詰め寄って、ソファの上の四ノ宮を追い詰める。

「……ボス。本当に……勘弁してください」

「何を？　四ノ宮さん。ちゃんと言ってくれないとわかりません」

あすかがすっとぼけて、二人は押し問答。体は既に、あすかが四ノ宮にのしかかるような形で密着していた。頑なにあすかから距離を置こうとする四ノ宮と、頑なに、なぜそんなに拒むのかを追及するあすか。媚薬のせいだとしても、拒否されるのは嫌だった。四ノ宮にだけは。

のしかかることで胸が当たってしまっているが、それさえも構っていられなかった。むしろ、そんなことで四ノ宮がその気になってくれるなら、それでいいとさえあすかは思っていた。

――ふと。ほぼ無抵抗の四ノ宮が余裕のない声を零す。

「っ、きみって人はっ……！」

（え？）

強い力で腕を引っ張られてあすかの視界が反転する。気づけば、あすかは四ノ宮の下に組み敷かれていた。未だかつてない二人の位置関係に、唖然とする。

「しの、みや、さ……」

「しゃべるな」

「っ」

命令するような口調にゾクりと腰が震えて、動けぬ間に唇が重なる。あすかが驚いて目を見開くと同時に、四ノ宮の熱い舌がぬるりと口内に侵入した。

「んぅ……！　っ、ふ……あ……しのっ、んんっ」

「っは……しゃべらないでください――舌を噛むので」

「っ……ん……」

押し付けられた四ノ宮の唇は、湿っていてやけに熱い。あすかはソファに組み敷かれながら深いキスを受け止める。戸惑って、最初は押し離そうと彼の肩を突っ張っていた腕も次第に力が抜けて、見開いていた目がとろけていく。

「っ、はぁっ……」

「もっと口を開けて。……そう、上手」

いつの間にか言われるがままになっていた。初めて味わう四ノ宮の、薄い唇の感触に陶酔。甘い舌に口の中をくすぐられて、その舌が出ていこうとすると引き止めたくなって自分から舌を伸ばしていた。

息継ぎに唇を離した四ノ宮が、苦しそうなままで笑う。

「……ははっ。なんて顔してるんですか」

「……顔……？」

「見せてあげたいなぁほんと……発情したメスの顔してますよ」

「めっ……!?　ぁッ」

言葉にひどく辱められる。いつもあすかのスケジュールを管理し、行動を律する彼の揺れない声。今は耳の中で何重にも甘く響いてじわっとあすかの秘部を濡らす。たまらなくなって膝をこすり合わせた。――それに、四ノ宮は気づいた。

「あぁっ……！」

「もう濡らしてるんですか？」

　四ノ宮はスラックスを穿いたまま、膝であすかの濡れそぼった秘部をぐりぐりと擦る。突然の刺激に体は驚き、総レースのショーツをびしょびしょに濡らすほど溢れてくるのが自分でもわかって、あすかは顔を赤く染める。

「っ……んっ、ん」

「はぁっ……もしかして、声我慢してる……?」

「んっ」

「もう誰も、会社には残ってません。……それよりも、これ」

「っ!!」

　ぐりっ、と押し当てられたのが、今度は膝ではないとすぐに気づいた。あすかは、それが四ノ宮の欲望だと理解してまたじわっと濡れたことを自覚する。想像よりもずっと硬く熱い棒を擦りつけられる。

　媚薬の効果か、彼は理性を飛ばしてしまったようだ。

「ん、いやぁっ……おっきっ……」

「やらしい声を出さないで。あぁっ……くそ、こんなっ……こんなモノ、あなたに宛てがうなんて……最低だな……」

「えっ、あ……ん……。四ノ宮さん……?」

　言葉で後悔しながら、四ノ宮は擦りつけてくるのをやめない。眼鏡をかけたまま苦しそうに顔を歪めて一生懸命腰を揺すっている。あすかは一瞬、そんな彼がかわいく思えてしまった。思わず手が伸びて、すり……と指先で四ノ宮の頰を撫でる。

「っ」

煽《あお》られた四ノ宮は更に苦しげに顔を歪めて、よりいっそう腰を振りたくった。

「あッ、んんっ……や、そんな擦りつけたらっ……！」

「はっ、はぁっ……！　どこまで煽ったら、気が済むんですかっ……」

お互い布越しであるにもかかわらず、あすかのショーツも四ノ宮のスラックスの股間部分も、どちらのものかわからない体液で濡れていた。四ノ宮は獣のようにあすかの唇を貪りソファを激しく軋《きし》ませる。

「んっ、んっ、んんっ……！」

今にも達してしまいそうに、呻《うめ》く声すら高くなっていく。熱を持った唇に吸いつかれて、あすかは。自分の唇が腫れてしまうんじゃないかと思った。

それでも一心に求められるうちに胸が切なくなって、体と一緒に心も溶かされていって。あすかはついに、ぎゅっと四ノ宮の首に抱きつき自ら舌を絡める。――ずっと、こうなりたかったんだと。ずっとこんな風に激しく求められたかった。媚薬を仕込んで自らが招いた展開に、あすかはあらためて実感していた。

しばらく掻き抱き合った後。

「あぁっ……だめだ、たまらないっ……」

そう呻きながら四ノ宮はあすかの上で膝立ち、性急な手つきでショーツを剝ぎ取る。次いで自らのベルトをはずし、びっしょりと濡れてしまったスラックスを下ろした。ボクサーパンツの中から、既にはち切れんばかりに猛ったものが取り出される。あすかはそれを、うっとりとした目で見つめた。

「それを……どうするんですか?」

「はッ……そんな、期待した目で見ないで……」

「しの……んんっ!　やっ……あんっ!」

「……ぬるぬるですね。……あー……きもちぃっ……」

四ノ宮は自身をあすかの太腿の間に挟み、脚を抱きかかえながら動く。恍惚とした表情で腰をグラインドさせる。

パンパンに膨れた熱いモノが股の間を何度も何度も往復し、敏感な肉芽を押しつぶしていく。お腹の底から熱い何かがこみ上げてくる感覚が止まらない。

「挿れたいっ……あっ、くッ……!　あぁっ、挿れたいっ……あすかっ……」

〝あすか〟と名前を呼んだ愛しい声に脳が痺れ、恍惚とした気持ちで胸がいっぱいになる。全部媚薬のせい。こうして理性を飛ばして名前を呼んでくれるのだって、媚薬のせいだ。

そのうち効果が切れてなくなってしまうなら、今だけは……。

そう考えたあすかは、四ノ宮の理性を完全に捨てさせようと囁く。

「はっ……どうぞ、挿れてくださいっ……」

「けどっ……！」

いつもの冷静な顔からは想像がつかないほど欲望に目をぎらつかせている四ノ宮は、それでも残った理性で一線を越えることを躊躇している。体はとっくに限界で、精を放たないことにはどうにもならないはずなのに。

あすかはそっと手を伸ばし、四ノ宮の頬をほわっと包みこんだ。すっかり欲情に染まった瞳と見つめ合う。

〝挿れてください〟とは言ったものの、あすかは処女だ。個人差はあるけれども初めては痛いらしい。そんな漠然としたイメージがあって、怖くないわけではないけれど。この歳で純潔を守り続ける理由も特にない。こんなに欲しがる顔を前にして、お預けするようなものじゃない。

意を決して、あすかは微笑んだ。

「つらいんでしょう？　……きて、四ノ宮さん」

「っ……！」

「っあ……あぁっ、ん……あ――っ……！」

グププッ、と空気を含んだ大きな音を発《た》てて、四ノ宮があすかの膣内に押し入る。途中引っかかった膜のことなど気に留める余裕もないようで、一気に奥へと侵入してきた。

「ん、キツっ……あぁっ……あすか……！」

「っ、痛っ……んはぁっ……！」

「はぁっ……なんてことをっ……きみの処女を、僕がっ……」

「ん、はぁんっ……っ、ごちゃごちゃと……うるさいんですよあなたはっ。後悔してる風なこと、言っておきながらっ、ん……大きくしないでっ！」

「ごめん……」

謝りながら四ノ宮は、あすかの耳の裏に鼻を擦りつけ〝すぅっ〟と深呼吸する。荒い呼気が耳にかかって、それがまたあすかの締め付けをキツくした。四ノ宮のモノは、挿入時よりも確実に大きくなってみっちりとあすかのナカを埋めつくしている。

「最低だと思うのに……ごめん。今すごく興奮してる……」

「んんっ……！」

ばちゅばちゅと激しく水音を発てながら掻き乱して——もう、絶頂が近い。

「っ、イ、くっ……あすかっ！　も、出るっ……！」

「ふぁっ……あぁぁん……！」


そんなことで、この日。

皇あすかは処女を喪失した。……はずだった。

四章　記憶の齟齬と甘い誘惑

「おはようございまーす」と、一階から微かに聞こえてきた入間の声で目を覚ました。あすかは社長室の隣に設けている自分の居住スペースのベッドの上にいた。ごろんと寝返りを打つ。それだけの動きで腰に鈍い痛みが広がる。なぜこんなに腰が……？　と不思議に思ってさすった時に、あすかは思い出した。

「……っ!!」

バッ！　とベッドの上で起き上がり、第一に自分の体を確認する。キャミソールにショーツ。夏場はだいたいこの格好で眠っているから、いつもと変わりないといえば変わりない。けれど腰は確かに鈍く痛む。それは、今日まであすかが知らない類の痛みだった。明らかに何かを受け入れたらしいアソコが痛む。

起き上がった時点で、あすかはもうだいぶ思い出していた。極めつけはベッドのそばにあるごみ箱の中身。

「……一体何回ヤったんだろう……」

「……ん」

中に使用済みのゴムを包んでいるであろうティッシュの山。全部が全部そうではないと思いたいけど……ごみ箱の半分を埋めつくしているので、目をそむけてしまった。

避妊具は、万が一作戦が成功してしまった時のためにあすかが準備していたものを使ったようだ。ベッドサイドテーブルの引き出しの中には、もうほとんど中身が残っていない箱が入っていた。あすかが選んだ銘柄。四ノ宮はあすかが避妊具を持っていたことに対して、何か突っ込んでいただろうか。あまりよく思い出せない……。

「……」

そっと引き出しを戻し、掛布団を手繰り寄せ、その中にくるまって赤面する。ベッドの上に四ノ宮の姿はない。でも絶対に、相手は四ノ宮だったと覚えている。自分たちは別に、泥酔していたわけでもなんでもなく、シラフだった。シラフで事に及んだ。

昨晩、ソファの上で接近したのを皮切りに息を荒くした四ノ宮は、あすかを求め、〝我慢できない〟と挿入した。何度も〝あすか〟と名前を呼んで、掻き抱いて。一度ではおさまらないからとソファから場所を変えて、居住スペースのベッドへ。

あすかの記憶は少しずつ鮮明になっていって、ベッドへ運ぶために抱き上げられた瞬間を思い出した。……あんなに逞しい腕をしていたとは知らなかった。それからの激しく体を揺さぶり求める動きも、あすかの知っている四ノ宮とは違っていた。見たこともない、しなやかで美しい野獣。

彼は今どこにいる？　一階から人間の声がしたということは、始業時間になったということなんだろう。居住スペースに社員が立ち入ることはまずないけれど、みんなが一階にいるのにこんな格好でいるのは心もとない。ベッドから抜け出し、裸足でひたひたと部屋の中を歩いてクローゼットの前へ。

四ノ宮は今どこで、どんな表情でいるのか。自分と同じように、若干の照れくささと、やってしまった後悔を抱えているんだろうか。こんな体の関係は、社長と秘書の間柄にはそぐわない。

せめて社員には悟られないようにしないと……。あすかは思い直し、クローゼットの前に立つ。出るべきところが出て、締まるべきところの締まった美しいプロポーションの体が鏡に映し出される。そして、気づいた。

「うわ……」

少しの歪みもないその体に、おびただしい数のキスマーク。脚の付け根や、キャミソールを捲ればお腹にも。この分だと自分では確認できない場所にもきっと、たくさん。どれだけ四ノ宮があすかを渇望していたか訴えかけるほどの痕。

「やってくれましたね……」

そう苦々しげに言いながら、愛おしそうな表情をしてそのキスマークを撫でていることに、あすか自身は気づかない。

シャワーを浴びて出勤の身支度をする。今日は何を着ようか。迷った末に、パリッとした白のシャツとスキニージーンズに着替える。これなら誰かにキスマークを見られることもない。それに今日は一日社内にいる予定だし、来客も入っていなかったはずだ。これくらいラフな格好でも問題ないだろう。そう結論づけて、あすかは一階の事務所へと下りる。

壁掛け時計を確認すると、朝の十時を少し過ぎたところ。見渡すと十数名の社員が出社していた。ノゼットではフレックス制を採用しているので、午後になってから出社してくる社員もいる。午前中から会社にいるのはほぼ固定メンバーだ。あすかは自分のデスクへ向かうため部屋を横断し、見回してそれぞれに「おはよう」と声をかけていく。

「おはようございますボス！　今朝も犯罪級の美しさですねっ。もしかして、昨晩は何かいいことがありましたか～？」

によによと笑いながらそう尋ねてくる入間。あすかは戦慄《せんりつ》したが、それを悟られないようににこりと笑って「ありがとう。良いことは特にないかな」と返事をする。

目撃されたわけではない。入間は、あすかと四ノ宮に何か期待を抱いているだけだ。落ち着け落ち着けと心の中で唱えていると、ふと、目が合った。

「おはようございます、ボス」

四ノ宮が爽やかな笑顔で挨拶をする。眼鏡の奥の柔らかい瞳に、昨晩の欲情に染まった瞳を重ねてしまって目眩《めまい》がした。どんな顔をすれば……とあすかが迷うのに対して、四ノ宮の表情は余裕で。

あすかが変な形に口を結んでいると、彼はいつも通りきびきびとした動きでそばへと寄ってくる。あすかの全身を舐め回すように見つめながら。

「……アポの予定こそありませんが、いつ誰が訪ねてくるとも知れませんよ。もう少し見映えのいい服装のほうがいいかと思いますが……」

「……は？」

「え？」

「あ、いや……」

あまりにいつも通りの口ぶりに、戸惑った。こんなにも普通にできるものだろうか？

……あんなに激しく求め合っておいて？

意外と逞しい体。無遠慮で激しい口づけ。細く体に食い込む指先。――そのどれもが、目の前の男と結びついていく。思い出して、あすかのほうが赤くなってしまった。

「……ボス？　熱でもあるんですか？」

「さっ……触らないでください！」

「……は？」

伸びてきた手をとっさに払い落としてしまった。きょとんとした四ノ宮の顔に〝やってしまった〟と後悔を募らせ、顔に出てしまう。

「触るなとは……傷つくんですが。地味に」

（自分だって昨日言ったくせに……！）

そうは思っても、口には出せない。昨日のことについて自分から話題に出すのは恥ずかしすぎて憚られた。それなのに、四ノ宮は言う。

「服。綺麗めのワンピースのほうがいいですよ。露出が多いのは下品ですが、少しくらい肌を見せたほうが健康的に見えていいです」

「肌……？」

「肌。脚とか鎖骨とか」

「だっ……誰のせいで出せないと思って！」

「誰のせい？　はあ……僕のせいなんですか？」

なぜ？　と首を傾ぐ四ノ宮に、頭を抱えたくなった。「なぜはこっちのセリフ！」と心の中で憤慨する。とても肌を見せられる状態じゃないと知っているはずなのに。というか、見せられない状態にしたのは自分のくせに、なぜこんな白々しいことを言うのか。

何も言えなくなってじっと見つめていると、四ノ宮が口を開いた。

「まあ……そんなに着替えたくないなら構いませんが」

（なんでそこで呆れた顔をするんですか……！）

結局、あすかは四ノ宮のアドバイスに従って着替えることにした。姿見の前でくるくると回り、細心の注意を払ってキスマークが見えないかを確認する。丈の長いカーキ色のカシュクールワンピース。昨日愛された痕はギリギリ見えない。

解せないことばかりだ。

その後もまったく昨日の夜を感じさせない四ノ宮に、あすかは悶々としながらパソコンへ向かった。発注メールや得意先からの問い合わせメールに返信すべくひたすらキーボードを叩きながら、頭が勝手に考えてしまう。

四ノ宮がこんなになんでもない演技がうまい男だとは知らなかった……。仕事ぶりを見ていると、交渉事でもいざという時ハッタリの利く度胸があるとは思っていたけれど。仕事とプライベートは別でしょう、とあすかは思う。そうでなければ自分ばっかり落ち着きがないようで、情けなくなってしまう。

メールの返信とWEBページのコーディングを終えて、一息。午後になりぱらぱらと社員が出社してきた頃、ノゼットに来客があった。

オフィスに入ってきたその人は挨拶もなくずかずかと部屋を横断し、あすかのほうへやってくる。それまで打ち合わせや雑談で騒がしかったオフィスの音量が、少しだけ絞られる気配。――みんな、彼を意識している。

その男は長身で、クールビズなのかノーネクタイ。Yシャツの腕を捲り、ジャケットを肩にかけて歩いてくる。外回りの営業マンのような格好でありながら、身に着けているもの一つ一つはハイブランド。貫禄はあるが、実年齢はちょっと測りかねる風貌だった。無精髭がなおさら、年齢の断定を迷わせる。

彼はあすかの目前までくると、ニッと笑った。

「また一段とべっぴんになったなぁ、おい！　あすか！　元気にしてたかー？」

彼は神宮寺。あすかが前に勤めていた通販会社、MCファクトリーの現執行役員。そして、元はあすかの直属の上司で、あすかの独立を認めた相手だ。

「お久しぶりです、神宮寺さん。……最近いらっしゃらないから、どうしてるのかなぁと思っていました」

「おぉ、それは何？　俺に会えなくて寂しかったってこと？」

「いいえ」

あすかはにっこり微笑み返して、きっぱりと言う。

「一時期ここに入り浸っていた時は、ちゃんと仕事してるのかなぁと心配していたので。姿を現さなくなって、今度こそ仕事なのか、もしくは別のところで油売ってるのか、どっちなのかなぁと思っていたんです」

「ひどいねお前……」

「あと神宮寺さんが来るとなぜか会社の空気が悪くなるので、困ります」

「えー？」

そんなことないだろー、とケラケラ笑いながら神宮寺がオフィスを見渡すと、注目していた社員たちはジト目で彼を見返した。

「……うっそー」

「元上司だからって馴れ馴れしすぎるんですよ、神宮寺さん」

四ノ宮が会話に入ってきて、社員一同からの冷たい視線にしょげていた神宮寺は途端に嬉しそうな顔をする。直属の部下ではなかったものの、元々同じ会社だったというだけで四ノ宮には幾分親近感があるようだ。

「おー元気か四ノ宮クン！　お前はうちにいた時から全然変わんないな！　相変わらずの真面目眼鏡クンだ」

「ありがとうございます」

「褒めてねぇよ。そういうところも変わんねぇのな……それに対してあすかの変わりようといったら」

言いながら神宮寺はじっと舐めるように全身を見てくるので、あすかはさっと自分の身を守るように一歩引く。そこに四ノ宮が、二人の間に体を割り込ませてきた。

「そういう態度が社員受け悪いんですよ」

「別にいいもんねー、うちの社員じゃないし。それにしても本当に、四ノ宮クンは一体どんな魔法を使ってあすかを女王様にしたんだ？」

神宮寺のその質問に、あすかは背の高い四ノ宮の後ろから頑張って身を乗り出して言う。

「女王様じゃありません」

女王様じゃないけれど、神宮寺の言いたいことはわかる。

前職では美容に無頓着だったあすかを、女としてここまでレベルアップさせたのは秘書の四ノ宮だった。化粧も下手でファッションにも疎《うと》かったあすかへの手ほどきは細かいところにまで及んだし、何よりも意識改革の面でとてもスパルタだった。それはあすかにとって、誰にも語りたくないくらいのつらい思い出となっている。

「特別なことは何もしていません」

　四ノ宮が答える。

「元々素材が良かったので。それをちょっと磨いただけです」

「ふーん……？　まぁいいや。あすか、ちょっと顔貸せ。仕事の話がある」

「はい」

「応接室ですね？　コーヒーを――」

「同席はいりませーん。俺は社長に話があんだよ、四ノ宮クン」

「……」

「大丈夫大丈夫。二人きりになったからって突然襲いかかったりしないよ。俺、紳士だし！」

　四ノ宮だけではなく、フロアにいた社員全員から疑いの目を向けられる神宮寺。それが面白かったのか、彼の言葉はエスカレートしていって……。

「だぁーいじょうぶだって、我らがボスがこの歳まで大事に大事に守ってきた処女だぞ？そう簡単に奪ったりしないって！」

「⁉」

　ざわっ！　とオフィス一帯がどよめく。

「なんてこと言うんですか……！」

「大丈夫大丈夫。実はボスがウブだってみんなもうとっくに気づいてるよ」

「やめてください訴えます！」

聞く耳などまったく持たずに「さぁ行こうかボス♡」と神宮寺はあすかの肩を抱いて応接室のある二階へ上がろうとする。何度となく来ているこの事務所での振る舞いは慣れたもので、いつも絶妙にみんなの神経を逆撫でていく。あすかももう慣れていた。元上司がこういう男だということは、重々理解していたので。……まさか処女だのウブだの言われるとは、思いもしなかったけれど。

実はもうあすかが処女じゃないと知ったら、それはそれで神宮寺はうるさくなりそうだ。社員一同と四ノ宮から痛い視線を浴びながら階段を上る途中、周りに聞こえないほどの声で耳打ちされる。

「アレはうまく使えたのか？」

「……」

あすかは答えない。

すると神宮寺は、くくっと喉の奥で笑う。たまりかねてあすかはぼやいた。

「……余計なお世話です」

「その様子だとびびったな？　経営者たるもの、決断と思い切りは大事だぞー」

そんなことをおちゃらけて言うものだから、脱力してしまう。この上司は本当に、お節介がすぎる。神宮寺が言っているアレとは〝媚薬〟のことだ。彼こそが、あすかに媚薬を押し付け、悩ませた張本人。

　前に事務所にやってきた時に「うっそ！　お前らまだヤッてねぇの⁉　ずっと二人だったのに何してたの⁉」と言って怪しい薬を置いていったのだ。〝何してたの〟って仕事だよ、と呆れつつ、でも結局、その媚薬を昨晩使ってしまったのであすかはバツが悪い。絶対に使ったとは言わないけれど。

　二階まで上りきって一階の様子が見えなくなる間際——四ノ宮と目が合う。いつも通りの、少し心配性なまなざし。……なんで昨日までと同じでいられるんだろう？　神宮寺の質問に、彼は「特別なことは何もしていない」と言ったけれど。自分は確実に、四ノ宮の前で女になっていったと思うんだけどなぁと、あすかは複雑な気持ちでいた。

　神宮寺の話は雑談も多かったが、いつも主目的は仕事にあった。今回も彼は、ＭＣファクトリーでは受けないようなニッチすぎる仕事を「お前のところではどうだ」と打診にきてくれた。あすかは口ではかわいくないことを言いつつもこれにはとても感謝していたし、何かとかわいがってくれることに対して満更でもなかった。

　あすかが独立したいと言った時、二つ返事でＯＫして「三年以内に戻ってきたら迎え入れてやるよ」と言う懐の広さを見せたこの人のことを、信用している。だから仕事の話がひと段落した時、あすかはほっとしてつい弱みを見せた。

「今回のお話、助かりました。もっと魅力的な仕事を引っ張ってこないとって四苦八苦していたんです」

「ふーん？　ま、お前はよくやってると思うけどねぇ」

「……そうでしょうか？」

「ん？」

「実は、業績が伸び悩んでいるのもあってか、最近社員の士気が落ちてきている気がして。求心力ないなぁってちょっと、反省しています。……何がいけないんだと思いますか？」

　四ノ宮には話しそびれてしまったが、漠然とした不安の原因の一つはそれだった。〝絶好調！〟とはいかないノゼットの現状に、〝このままここで働いていていいんだろうか〟という迷いが社員の中に生まれてきているのではないか。

　不安な気持ちから、あすかがまっすぐ見つめて待っていると、無精髭を撫でながら神宮寺が言う。

「そんなことは自分で考えるんだな」

　はっきりと言われて、びりっと胸が痛む。〝自分で考えろ〟と神宮寺の言葉が心の内に何重にも広がって、息苦しくなって深呼吸をする。彼の言う通りだ。それを考えるのが経営者の仕事じゃないか。甘えようとしていた自分に嫌気がした。

　独立しても、何かを道しるべにしなければ自分は簡単に迷子になってしまう。言われた言葉を心に留めて、あすかは顔を上げた。

　神宮寺が帰っていくと、一部の社員はざわざわと動き出した。

「嶋《しま》！　塩持ってきな！」

「えっ、塩ですか？」

　苦々しい顔で神宮寺の出ていったドアを睨みつけ、入間は新人の嶋に盛り塩をするように言いつける。会社で一番若手の社員・嶋純也《じゅんや》は「塩なんてあったかな……」と頭を掻きつつパントリーへと向かっていく。

「……みんな本気で嫌いすぎじゃない？」

　気圧されながら尋ねたあすかに、いつの間にかそばにいた四ノ宮は、珍しくはっきりと嫌悪感を示した。

「全力で嫌いですね。仕事の絡みがなければ玄関でお引き取りいただくレベルです」

「四ノ宮さん。仮にもあなたの元勤め先の執行役員でしょう……」

「今はもう関係ありません。それに元々、いけ好かない人でした」

　返答に呆れつつ、ただそばに来られたというだけであすかの体は一気に緊張してしまう。

「少しも変なことされてないでしょうね？」

　心配そうに覗いてくる目にも、疼く。

「……変なことって？」

「体を触られたりとか、いやらしいことを言われたりですよ」

「四ノ宮さんが私にしたみたいな？」

「……僕？」

勇気を出してこちらから話題に出してみても、また〝何を言ってるんだ？〟と首を傾げて見せるから、あすかは段々イライラしてきた。知らないフリもここまでいけば悪意すら感じる。

「なんでもありません」

これじゃあほんとに、自分だけが変わってしまった関係に浮かれているみたいだ。

この日の夜は、示し合わせてもいないのに四ノ宮と二人になった。夜十時のオフィス。明日クライアントに持っていく提案書を完成させた嶋が帰宅していき、二人だけが残されたオフィスは静寂に包まれる。あすかがキーボードを叩く音と、四ノ宮が書類を確認してページを捲る音だけが響く夜。

異様に緊張していることが彼に悟られないように、なるべく自然に口を開いた。

「――四ノ宮さん」

「はい」

「まだ、かかりそうですか」

昨日も残業していたところを見ると、作業が詰まっているのかと気になった。これは専ら、社長として気になったこと。

「いえ、もう終わります。ボスは？」

「ん、私もです。続きは明日でもいいかなって」

「そうですか。ならもう休んでください。僕はまだボスの残業を認めたわけじゃないので」

「……あなたは」

あすかは作業していた手元から視線を上げて、すぐ近くのデスクにいる四ノ宮を見る。同じタイミングで四ノ宮もあすかを見た。言葉を続ける。

「あなたは、何もなかったフリが上手なんですね」

「……ボス？」

「今日は私ばかり意識してしまって、なんだか……負けた気分です」

「……何を、意識するんです？」

「っ」

だからなんでまだそんな意地悪ばっかり言うかな！　とあすかは赤面して言ってしまいそうになった。それも寸前で思いとどまって、別の言葉を探す。

「……四ノ宮さんは！　その……今朝は、いつ起きたんですか？」

あすかが目覚めた時、気づけば四ノ宮はベッドからいなくなっていた。初めての朝に一人にされたことが寂しかったとは言わない。ただ、この朝に。四ノ宮がどんな気持ちでいたのか、知りたかった。

「今朝ですか？」

「はい」

「……今朝ね。うん……実はですね」

ドキドキしながら、その答えを待つ。

けれど、返ってきたのは信じられない言葉だった。

「――あんまりよく覚えていないんですよ」

「……は？」

「どれだけぼーっとしてたんだって話なんですけどね……。気づいたら、オフィスに一番乗りで仕事をしていたんです。それも昨日の服のままで。……あ、すみません不潔な話を。以降は気をつけるので」

「え、ちょっと待ってください……じゃあ、昨日の夜は」

「実は昨日の夜も……家に帰った記憶がなくて。ボスにコーヒーを淹れてもらった覚えはあるんですが……」

「その後は……？」

「それは本当は僕のほうが訊きたかったんです。あの後、僕はちゃんと帰りましたか？」

「……」

「……ボス？」

「……覚えてない、ですって？」

あすかは低い声で言うと、すっと自分の席を立って四ノ宮のすぐそばに、彼を見下ろすように立った。四ノ宮はそれを驚いた顔で見上げる。あすかが、泣きそうな顔をしていたから。

「覚えてないとは……どういうことですか」

「ボス……？　どうしたんです。今日ちょっと変ですよ……？」

「昨日、あなたは私と寝たんです」

「……は？　え、寝……？」

「四ノ宮さんは、私と抱き合った」

「抱き……？」

「……セックスした！」

「っ、何を言い出すんですか突然！」

あけすけな言葉でやっと意味を理解したらしい四ノ宮はいつもの表情を崩し、うろたえて見せる。けれど何も覚えていないと言う。ふざけるな、とあすかは思う。

「あんな……あんな好き放題しておいて、忘れたとはっ……！」

「ま……待って、ボス落ち着いて。……なんだって？　僕がきみと？」

こくりと頷く。けれど四ノ宮は納得せず〝いやいや〟となだめるように両手のひらを出してきた。

「ありえない。ありえないしそれはなんと言うか……まずいでしょう、いろいろと」

「まずかろうがなんだろうがっ……したものは、したんです！　コーヒーを飲みながら仕事の話をして……そしたらあなたが急に」

〝私が媚薬を仕込んだから〟ということは、つい端折《はしょ》ってしまった。

四ノ宮は混乱した顔で言う。

「無茶苦茶だ」

「ソファで一度して、その後も私のベッドで何度もっ……」

「ボス。……してません」

勢いあまって、あすかは座ったままの四ノ宮の襟首に摑みかかっていた。

「したんです。何度意識を飛ばしたかわからないほど……ほんとに、したのに……」

「……ボス」

もどかしくてたまらない。四ノ宮は本当に記憶にないと言う。……それじゃあ昨日の夜のことは一体？　自分は確かに彼に抱かれ、処女を脱したはずなのに。四ノ宮が覚えていないと言うのなら、それはあすかの妄想であるのと何が違うんだろう？

虚しいったらない。

それ以上何も言えず、四ノ宮の襟を摑んだままでいた。すると、四ノ宮がそっとその腕を摑んだ。

「……なんなんです、ほんとに」

「……え」

低いトーンの声に、あすかはびくりと体を震わせる。その感じには覚えがある。慌てて視線を上げると、四ノ宮がとてももどかしそうな顔をしていた。

襟首を摑んでいたあすかの細い腕にすっと唇が寄せられる。ちゅ、っと湿った感触。それも昨晩に覚えのある感触。やっぱり覚えている？　と、あすかは一瞬期待したが。

「そんな、ありえないことを言って……誘っているんですか？」

依然として四ノ宮は昨晩抱き合ったことに対して〝ありえない〟といったスタンス。ただ、もどかしげな表情はどんどん熱を帯びていって、あすかはその瞳の中に欲情を見た。

「……しの、みや」

「絶対に手を出さないつもりでしたが気が変わりました。……そのキスマークは誰につけられたんです？」

「っ！」

言われて、四ノ宮の視線の先にあった胸元をバッと隠す。屈んだことで、衣服に隠されていたキスマークが見えてしまったらしい。

反射的に隠してしまった。だけどこれは四ノ宮につけられたものだ。

「……誰かと寝たんですか？」

「これは、違っ……」

「僕が普段どれだけ我慢してるか……きみは知らないんだろうな」

「え」

……我慢？

四ノ宮の、眼鏡のフレームが首筋に当たってひんやりとした冷たさに身震いする。それに対してやけに熱を持った唇に気を取られて、動けずにいるとじっと見つめられて、口づけられた。そのまま四ノ宮の整頓されたデスクに押し倒される。

「後悔しても知りませんからね」

——そして、場面は冒頭へと戻る。

五章　彼の記憶にない欲望の話

四ノ宮とあすかが初めて体を繋げた日のその翌日は、なぜだか四ノ宮は一切そのことを覚えていなかった。――そして今、覚えていないと主張する四ノ宮にあすかが怒って詰め寄ると、彼は〝そんなありえないことを言って、誘っているんですか？〟と。

あすかの胸元に散らされたキスマークを見つけて、他の男の存在を疑って。〝後悔しても知りませんからね〟と言って。それから彼は人が変わったように手荒になった。

人のいない事務所で。窓からわずかに漏れ入る街灯と月の光に照らされながら、四ノ宮は激しく腰を振って後ろからあすかを犯し続ける。

「あ……いやぁっ！」

ワケがわからないまま彼のデスクに手を突かされ、片脚を抱え上げられた体勢で延々と喘がされた。四ノ宮は後ろから激しくあすかを求めながら、今にも達しそうに呻きながら言う。

「っぁ……くっ……きみは、知らないんだろう……？　僕が普段、どれだけ……っ、我慢してるかなんて……」

「ん、ぁっ……え……？」

さっきも四ノ宮は〝我慢〟という言葉を使った。

「は……あぁ……我慢、て……」

「はぁっ……毎日どれだけ忍耐力を試されているか……きみは無防備すぎる。んんっ……平気で露出するし……男がきみの体でどんな妄想をするかって、考えたこともないんでしょう」

「っ、あ！　んんっ……妄想……？」

「うん……少なくとも僕はね、たくさん妄想した。……でも、こんなことを言ったら、幻滅されるんだろうな」

「んぁっ……」

「頭の中で何度も、きみをこんな風にぐちゃぐちゃに抱いてたんだ。……こんなもんじゃないか。もっと、あすかが何度イっても抜かずに、ひたすらきみの奥を犯し続けてた」

「っ……！」

言葉に反応して奥がヒクついた。それはもちろん四ノ宮にも伝わり、指摘するように細かく奥を突かれる。

「あ……うっ♡」

「みんなのボスに、そんなことできるわけがないのに……。今だって、嬉しいのに罪悪感でいっぱいだ。明日から僕はどうしたらいいんでしょうね……？　一番綺麗なものを自分の手で汚してしまって。……それくらいきみが欲しかった」

腰を打ち付けられると共に、欲望をいくつも耳の中に囁かれた。それは頭の中に直接響いてきて、あすかの体ははっきりと反応を示してナカを出入りする四ノ宮を締め付ける。

――「欲しかった」なんてそんなことを、今まで考えてきたと言うのだろうか。ずっと？　四ノ宮が？

「ん、キツくなったな……もしかして興奮してる？」

「や……してなっ……」

「それならもっと教えてやる」

「い、やっ……あぁん……」

激しかった抽挿が今度は緩やかになり、そっと円を描くようにあすかのナカを掻き回す。そうされるとあすかが四ノ宮を締め付ける力はまた強くなり、更に興奮した四ノ宮が自身のモノを大きくして、あすかはもっと苦しくなった。

快感のループの中で、四ノ宮の赤裸々な告白は続く。

「ん、ふ……ずっと汚してやりたいって思ってた。この何もかも跳ね返してしまいそうに白い高潔な肌も」

言いながら、するっと肩からワンピースを脱がせていく。ブラのホックはとうにはずされて、腰を打ち付けられるたびに揺れてしまう乳房が大きく露出する。そこには昨晩四ノ宮につけられた無数のキスマーク。

「はっ……　〝上に立つにふさわしい言葉遣いを心掛けて〟って僕が何度言っても……んんッ。それでも、精一杯社員を気遣った言葉が出てくるこのお口も」

今度は言葉に合わせて、口の中に人差し指を突っ込んで口内を蹂躙してくる。あすかはできるだけ声を我慢していたのに、無理やりこじ開けられた口からはどうしようもない声が漏れた。

「もっ……らめっ……ひのみあっ……」

蜜口への挿入と同時に口の中をじゅぽじゅぽと犯されて、あすかの意識は飛びかけていた。それを感じ取った四ノ宮は、緩めていた腰の動きからまた一転。ぬっと根元ギリギリまで自身を引き抜いたかと思うと、パァン！　と勢いよく最奥を貫いた。

「あぁ――っ！」

「……それなのに、どこかの誰かにこんなキスマークを付けられて」

「違っ……！」

「こんな風に盗られてしまうなら、立場なんて気にせずっ……」

「ひっ、ん……」

「先に、自分のものにしてしまえば良かった……！」

「っ、だから！　相手はあなただってさっきから――」

無駄だとわかっていながら、あすかはやりきれなくて叫んでしまう。〝ずっと自分のものにしたかった〟と四ノ宮から打ち明けられて舞い上がりそうになっていた。しかし、自分が他の男と関係を持ったと誤解されているのは心外でたまらない。

「それ、さっきから繰り返してるけど……一体、誰と間違っているんだ？」

「……は？」

「記憶を混同している可能性は？　他の誰かに抱かれたのを、僕に抱かれていたんだと」

「っん……え……？」

そんなことあるはずが……と思うけれど。彼がここまで綺麗にあの夜を否定してくる意味もわからない。すぐに〝違う〟とは否定できない自分がいて。

戸惑っている間に四ノ宮は続ける。

「ああ、でもその解釈だと……まるできみが、僕に抱かれたかったみたいになるか」

「っ」

「驕《おご》ったことを言ってごめん」

「……んんっ」

あすかが四ノ宮に触れてほしがったという可能性は、なぜか頭から否定される。あすかはもう何がどうなっているのか落ち着いて考えることもできずに。

「……っあ、っ……四ノ宮さん、も……だめぇっ……」

「……ん、僕もです。……イって、あすか」

「あぁん……！」

思考を放棄して快楽に身を委ねた。

「ん……」

朝、目が覚めて。

目を開けるよりも先にシーツの上で腕を泳がせてみたけれど、手には何も引っかからなかった。四ノ宮はこのベッドで一緒に眠ったのか、それとも行為が終わったあと家に帰ってしまったのか。まったく思い出せないということは、自分はずっと気を失っていたんだろう。

一階の四ノ宮のデスクで散々抱き合ったあと、自分で歩いたのか運ばれたのかはよく覚えていないけれど、二人はまたあすかの部屋のベッドでも抱き合った。昨日の朝と同じように鈍い痛みが襲う腰を撫でながら、クローゼットに向かって裸足でよろよろと歩き出す。

（……今度こそ）

忘れたなんて言えやしないだろう。

四ノ宮はあれだけ赤裸々に胸の内を打ち明けたのだ。先にベッドを出ていってしまったのはきっと、昨晩盛り上がりすぎてしまった行為が気恥ずかしいからに違いない。

彼はなぜか、あすかの処女を奪った男は別に存在するんだと誤解している。それをこれから否定していかなければならないけれど。彼が〝記憶を混同しているのでは？〟と言ってきた言葉も、気になりはするけれど。昨晩の行為はきっと自分たちの関係を変えてくれる。

そう信じて、あすかは期待を胸の下に押さえつけて一階へと下りた。午前十時を過ぎた頃。昨日と同じく、出社しているのは一部の社員のみ。「おはよう」と一人一人に声をかけながら、あたりを見渡して彼の姿を探す。四ノ宮の姿が見えない。

「ボス？　誰か探してます？」

気づいた入間が小首を傾げて尋ねてくる。あすかはきょろきょろと見回しながら反射的に答えていた。

「うーん……ちょっと、四ノ宮さんを」

「あらあら……まぁまぁっ！」

「……なに入間、そんなに笑って」

言いながらあすかは〝しまった〟と思った。何かとあすかと四ノ宮をくっつけようとしてくる入間には、今変わりつつある二人の関係を匂わせてはいけない。絶対に。けれど自分は一体、どうしたいんだろう？　体の関係を持ってしまってから悩むのもなんだけど。社員がいる手前、示しがつかないことになってしまっては困る。昨晩、四ノ宮があすかを抱く前に零した〝いろいろとまずい〟というのも、確かだ。

無理して壊した社長と秘書の関係を、これからどうするのか。みんなに隠して関係を続けられるほど、自分たちは器用か、否か。四ノ宮は大丈夫そうだけど自分のほうは……とあすかがその場で考え込んでいると、まだニヤニヤと笑っていた入間があすかの服の裾を引いた。

「ボスっ。四ノ宮さん戻ってきましたよ」

「え?」

顔を上げると、事務所の入り口に四ノ宮がいた。心臓が早鐘を打つ。彼の服装は昨日のものとは違っていた。暑くなってきたからかスーツのジャケットはベストに様変わりしている。宅配便が届いたのか、段ボールをひと箱抱えて部屋の中央へと運んできた。腕まくりをしている姿が新鮮。四ノ宮は一度自宅に着替えに帰ったらしい。

段ボールを抱えたまま彼は、あすかのそばまでやってくる。——第一声はなんだろう? ああでも、そばには入間もみんなもいるから、下手なことは言えないか。それにしたって頬が熱い。あすかは緊張を誰にも悟られないようにしゃんと背筋を伸ばして、彼が口を開くのを待った。

「おはようございます、ボス」

きらきらと爽やかな笑顔で挨拶をされて、期待は一気に不安へと変わる。

あれ、気まずさはどこいった……? そんなに清々しく挨拶されてしまうと、まるで。

「……四ノ宮さん」

「はい」

「野暮なことを訊きますが……昨晩は」

「あー……それがですね」

「……はい」

「昨晩から今朝にかけて、また……記憶があやふやというか。実のところを言うと、さっぱりで」

「……」

「さすがに病院に行かないといけないかなって、思っているんですけど」

業務にも支障をきたしますし、と言った。

(……うん)

なんだかちょっとだけ、そんな気がしていた。

またですか！　それとも今度こそからかっているんですか！　と声を荒らげたい気持ちもあったが、そこは社員がいる手前我慢する。……本当に何なんだろう？

最初は忘れたフリをしているんだと思った。媚薬のせいで不可抗力で抱いてしまったからバツが悪く、忘れたフリでなかったことにしようとしているんだと。

でも、だとしたら二度目の夜はどうして？　あすかが媚薬を仕込んだのは最初の一回だけ。二度目の夜は完全に四ノ宮の意志だったはずだ。それなのに彼は覚えていないと言う。

まさか、最初に飲ませた媚薬にヤバイ副作用でもあったんだろうか？　記憶障害を引き起こしてしまうような？

(うわぁ……)

だとしたら、自分はなんてことを……！　でもまだそうだと決まったわけでは。

ちょっと一旦落ち着こうと思い、あすかは努めていつも通りに振る舞うことにした。

「四ノ宮さん、今日の私の予定は」

「はい」

落ち着きのある明瞭な声で返事をして、四ノ宮は段ボールを抱えたまま、手帳も開かずに答える。

「今日は来客はありませんが、午後に屋外ポスターの色校正が届く予定なので入間と確認してください。今日中に戻さなければいけません」

「はい」

あすかに続き、隣で聞いていた入間が「はーい」と元気良く返事した。四ノ宮は言葉を続ける。

「それから、国実《くにざね》商店の社長から今朝メールがきていました。ブランドサイトの件で相談したいことがあるので、都合のいいタイミングで電話してほしいと」

「私が？」

「ご指名です。サイト立ち上げから関わっているボスから是非直々にアドバイスが欲しいと」

「はあ……そうですか、まあ……わかりました。そのくらい？」

「そうですね。あとはまた新しく決裁書類が増えているので確認しておいていただけると。急ぐものから順に並べています」

「わかりました。ありがとうございます」

驚くほどいつも通りだった。昨日も同じことを思ったけれど、四ノ宮は何もなかったフリがうますぎる。これがフリでないとしたら、やっぱりあの媚薬の副作用なのでは……。

不安になると同時に、思い出していたのは昨晩の言葉。

『僕が普段どれだけ我慢してるか……きみは知らないんだろうな』

『それくらいきみが欲しかった』

『ずっと汚してやりたいって思ってた』

あの告白の数々は、あすかの妄想でも夢でもないと思う。そうだとすれば、今とても真面目な顔を見せているこの瞬間にも、四ノ宮は……。

じっと表情を窺うと不思議そうに見つめ返される。

「……ボス？」

今この瞬間も自分に劣情を感じている？　とてもそんな風には見えない。

「なんでもありません」

そう言ってあすかはぱっと自分から目をそらした。そして二階の社長室へと踵を返しながら口早に伝える。

「三十分後に打ち合わせをお願いします。場所は社長室で」

「承知しました」

この様子だと本当に昨晩のことも記憶になさそうで、あすかはその話を自分から持ち出す気が削がれた。本当に仕事の相談にしようかな……と思いながら、階段を上っていく。

背中に入間が期待のまなざしを送ってきているような気がして、振り返らないように気をつける。一昨日の夜、深夜残業後の女子会で入間が断言していた言葉を思い出した。

『四ノ宮さんは絶対にボスのこと女として見てますって！』

入間と岸田が盛り上がって囃《はや》し立ててきた時、あすかは〝四ノ宮が自分をどうこうしようと思っているはずがない〟と決めつけていた。

だけど昨晩、四ノ宮が打ち明けた言葉によれば。

『僕が普段どれだけ我慢してるか……』

もう一度頭の中で再生した言葉に。その熱っぽさに。あすかの体は熱くなる。

はぁ……と熱い吐息をこぼして、四ノ宮がやってくるまで決裁書類の処理をすることにした。

四ノ宮はきっかり三十分後に社長室を訪れた。「失礼します」とドアを開けて入ってきた、そのもう片方の手の上には紅茶を載せたトレイ。一階で淹れてきたらしい。

「そんなのこっちで淹れたのに……」

「いいんです。もう耳にタコができるほど言っていると思いますが、あなたは社員に気を遣いすぎです」

言いながら後ろ手にドアを閉めて、それを皮切りに、四ノ宮の雰囲気は少しくだけたものになる。

「あなたはもう少し人に頼るべきだって、最近話したところでしょう？」

四ノ宮はトレイをローテーブルに置くと、社長室に座っているあすかのところまでやってきた。目の前に立たれて、なんだなんだと内心焦って見上げると、四ノ宮は左右にあるひじ掛けに手をついて身を屈め、じっと見つめてくる。吐息がかかる距離で対面した。

眼鏡をかけた端正な顔がじっと探るようにあすかを見る。

「……し、四ノ宮さん？」

戸惑うあすかに、四ノ宮はいたって事務的に言った。

「……随分疲れているように見えますが。何かありましたか？」

そう尋ねられて、開いた口が塞がらない。

（誰のせいだと思って……！）

二夜連続で深夜まで求めてきた四ノ宮以外に、誰があすかを疲れさせたと言うのか。だけど〝覚えていない〟と主張する四ノ宮にそんなことを言っても仕方がない。納得いかない気持ちを無理やり飲み込もうとしていると、四ノ宮があすかの顔色を確かめるように頰に触れてくる。

「疲れてはいるようだけど……肌ツヤはいいですね？」

「……うるさいですよ！」

「でも機嫌は良くない……」

冷静に分析されてイライラが募る。もう、わざとにしか思えなくなってきた。あすかは四ノ宮が触れてくる手をぱっと払い落とし、冷めた視線を向ける。

「あなたは随分、簡単に私に触れますね」

「簡単に、ということはないと思いますけど。……嫌？　嫌なら気をつけます」

「……嫌というわけでは」

――今、けろっとした顔を見せるこの瞬間にも、四ノ宮の心臓は少しでも自分に高鳴ってくれているのか。そっとシャツの下に隠された胸に触れて確かめたくなる。昨晩も、その前の夜も、自分を抱いていたあの胸は確かに熱くドクドクと鳴っていたと思う。あすかには頰ずりしてその音を聞いた記憶があった。

どう考えてもそちらが真実で、頰が熱くなる。どうにかあの二晩の行為を、思い出させるか認めさせるかできないものだろうか？

いっそ自分から押し倒して体に思い出させれば……なんてことをあすかが考えたところ

で、四ノ宮に呼びかけられる。

「ボス」

「えっ」

「打ち合わせしたいってあなたがここに呼んだんでしょう。なんの打ち合わせですか？」

「……ああ、ええ。打ち合わせというか……相談です」

——馬鹿なこと考えてないで、仕事のことを考えよう。

あすかはここ数日の色ボケていた自分を少し反省して、社長としての真面目な顔をつくる。紅茶が置かれた席に座るよう勧める。勧めてから、そのソファでも四ノ宮と抱き合ったことを思い出した。

意識しちゃいけない、と頭から邪念を振り払いつつ、あすかもソファに腰掛ける。スカートが翻らないように気をつけながら長い脚を組んだ。いつもより少しフェミニンテイストのファッション。白の半袖ニット。薄いブルー地に大きめの白い花が散らされたデザインのスカート。これはこれでアリだったのか、四ノ宮からのダメ出しはない。

「相談って？」

「実は、取材を受けるかどうか迷っていて……」

あすかの予想通り、四ノ宮はきょとんとした顔になった。

「取材？」

神宮寺からこの話を持ち掛けられた時は、あすかも同じような顔になった。〝自分で考える〟なんて言いつつ、何かとアドバイスをくれる神宮寺は、社長としてのあすかにこの取材の話を持ってきてくれたのだ。

あすかは神宮寺から聞いたままを四ノ宮に伝える。

「ええ、経済誌のインタビューです。毎月ベンチャー企業の社長を取り上げている枠があるらしくて。その枠を担当している記者が神宮寺さんの知り合いなんだとか」

「神宮寺さんのツテか……初めてですね。そういうのは」

先日、神宮寺がオフィスにやってきた時、あすかはこの話を聞かされた。

MCファクトリーにいた頃、上司が取材を受けるため記者と一緒に応接室へ入っていく場面を見たことがある。まさか自分が受ける日がくるとは思わず、あすかは神宮寺の前で口を開け、ぽかんとしてしまった。

「四ノ宮さんはどう思います？　受けるべきか、やめておくべきか」

「……まあ、受けるべきでしょうね。うちは別に企業広告を出しているわけではないですし、知ってもらうきっかけといったら通販サイトと得意先の口コミくらいです。扱っている商材についても、コンサル業務にしても、経済誌で紹介してもらえば認知度も信頼度も上がるのでメリットは大きい」

「そうですよね……」

「〝相談〟と言いつつ、ほんとはもう受ける気でいるんでしょう？　踏み切れない理由はなんですか？」

四ノ宮に心中を見抜かれて、あすかは微妙な顔をした。四ノ宮の言う通りだ。取材はもう受ける気でいるけど、最後のひと押しで迷って踏ん切りがつかないでいる。

会社にとってプラスになるなら何だってやる。でも取材なんて、うまくできるだろうか？　下手な対応をして、会社のイメージを損ねはしないだろうか？　メディア対応でのミスは経営を苦しめて、社員の生活にまで響いてしまうかもしれない。自社の経営状態に危機感を持って以降、あすかは何か新しいことに踏み出すことに慎重になっていた。

そんな不安を決して口には出さないけれど、渋るように唸って眉を寄せる。四ノ宮はテーブルに置いてあった雑誌を手に取り、付箋が貼ってあるページを開いて目を通す。雑誌はバックナンバーで、さっき話していた特集に別の会社の社長が取り上げられている。

四ノ宮はしばらく雑誌を読み込むと、雑誌を持ったまま向かいの席からあすかが座っている側の席に移動してくる。なんだなんだと戸惑ったあすかが座る位置をずらして隣にスペースをつくると、四ノ宮は躊躇なくそこに腰掛けてきた。

「ここの枠ですね」

雑誌を指さしながら話しかけてくる四ノ宮。間近にやってきた端正な顔に内心ドキッとしながら、あすかはなんでもない顔で彼が指さす先を目で追った。至近距離にいる四ノ宮の声に、緊張した様子はない。

「この見開きページ。この記事で訊かれているのは設立に至った背景や、業界のトレンド、これからのビジョンについてですね」

「はい」

「事前に回答をきちんと準備しておけば、後はそれを自信を持って伝えるだけです。そんなに難しいことじゃない」

「そう……ですね」

「……ボス。聞いてください」

「っ」

耳元でそっと囁かれて思わず肩が上がった。四ノ宮の低い声は、あすかの耳の中でとてもよく響く。

「な、なんです……？」

彼に倣って小さな声で問い返す。すぐ隣にある顔を確認しても彼の目は雑誌に伏せられたままで、いつも通りの仕事モードだ。そんな声でしゃべらないでほしい……と動揺を抑えながら、四ノ宮の返事を待つ。

彼は声をひそめたままであすかに言った。

「大丈夫です。普段のきみのままいけば、何も問題ありません」

「っ！　なんでそんなぼそぼそしゃべるんですか！」

耐えかねたあすかは抗議した。二人しかいない部屋での囁き声はやけに甘く、抱き合った夜の四ノ宮を彷彿とさせる。っていうかもうこんなの、わざとなんでしょう？　――と、訊けばいいのに、訊けないで。

体温が上がるのを感じて動揺するあすかに、彼はふっと笑うだけ。

「耳元で囁かれたことって、記憶に残りやすいんじゃないかと思って」

「もうっ……」

顔を赤くして片耳を塞ぐあすかは悪態を吐きつつ、それでもしっかりと四ノ宮の言葉に背中を押されていた。


翌週。取材は四ノ宮の立ち会いの下、ノゼットの応接室で行われた。

服装は一体どうすれば……と悩んでいたが、前日に四ノ宮からきっぱり「僕が決めます」と宣言された。「あ、はい。任せます……」と四ノ宮の熱さにヒいて見せたあすかだったが、内心はほっとしていた。取材用の服を選ぶなんて自分には荷が重い。

四ノ宮が見繕ったファッションは、ボディラインにフィットしたオーバルネックの黒ワンピースに白いジャケット。イエローゴールドで統一したアクセサリー。かちっとしたパンプス。「全身ショットもあることを考慮して品良く見えるようにです」と説明されたトータルコーディネートは、完璧だと思った。鏡の前で見てみれば確かに品良く、しゃんとして見える。背筋も自然と伸びる。そして抜け目なく、アクセサリーとパンプスはノゼットで取り扱っている商品だった。

取材にやってきたのは記者とカメラマンの二人組。あすかと同じく二十代後半と思われる記者は丁寧で腰が低く、カメラマンも寡黙。あすかが構えていたほど緊張することもなかった。取材は問題なく終わった。

取材を受けた経済誌が書店に並んだのはその翌月。事前の原稿チェックはできないと聞いていたので、あすかはそわそわした気持ちで発売日を迎えた。

朝起きて、支度をして一階に下りると自分のデスクに置かれていたその雑誌。きっと四ノ宮が出社前に買ってきてくれたんだろう。あすかは恐る恐る手を伸ばした。手に取って、貼られた付箋を目印にページを開く。

〝徹底的にクオリティーにこだわってECサイトをメディア化　美貌の女社長の挑戦〟

見出しにこそあすかは眉をひそめたが、内容はまずまず。独自の世界観を展開する通販サイトとしてWEBのノゼットは紹介されていたし、ノウハウを活かした企業向けコンサルの業務も評価されていた。あすかが語ったこれからのビジョンについても、取材の日に話したことが正確に伝えられていた。――これなら、会社の足を引っ張ることはない。あすかがほっと胸を撫で下ろした時、バンッ！　と事務所のドアが開いた。

「ボス‼　なんですかこれはー！」

入間が血相を変えて飛び込んできた。その手に、今まさにあすかが見ていた雑誌の特集ページを開いて持っている。

「ボス！　これ！　私、聞いてない！」

頭の上につくった王冠のお団子ヘアを揺らしながらぷりぷりと怒る彼女に、あすかは

「ごめん、言ってない」と困り顔で笑って見せた。

「他の人に撮らせるなんて……！　呼んでくださいよ！　絶対に私が一番、ボスのこと最強にかわいく撮れるのに！　自信あるのに！」

「うーん……入間、ごめんね」

「このカメラマン、腕は確かなんでしょうけど、ボスの魅力がまるでわかってません！……でも服のチョイスだけは最高です。これはどこのスタイリストが……？」

「いえ、それは四ノ宮さんが」

「ぐはっ！　なるほど！　納得……心得てますね四ノ宮さん、さすがです。上品かつエロい感じたまりません……あーあ、この服のボス撮りたかったなぁ～」

社員に「エロい」とか言われて、自分はこれでいいんだろうか……。まさか四ノ宮もそんな理由でこの服を選んだんだろうか……。

複雑な気持ちになっているあすかをよそに、入間は手に持った雑誌を見つめたまま「このアングルが」「なんでここで引きにして……」と悶々としている。そこに、岸田があすかの席までやってきた。おずおずと控えめにそばに立つ。夏でも変わらずマスクを着用している彼女は、そっと自身のスマホをあすかに手渡した。

「……ボス。これ」

「うん……？」

受け取って画面を見た瞬間、くらりと眩暈がした。入間が横から覗き込んで「あらあら」と笑う。一番上に表示されているタイトルはこうだ。

〝ITベンチャー社長が美しすぎる件〟

（まとめられている……！）

タイトルの下に表示されていたのはまさしく自分の顔で、それが自分についてのWEBまとめだと理解すると、あすかは内容を確認しないままスマホをそっと岸田に返した。

「……うん、ありがとう岸田。わかりました」

こういうのは往々にして叩かれるものだと思っているし、自分はそこまでハートが強いわけじゃない。滅多なことが書かれていたら無駄に傷つくだけだと、予防線を張って内容は見ないことにした。どんなに気になっても絶対に見ない。そう決意するあすかに、岸田は言う。

「……ゲスな書き込みもゼロではないけど、だいたい、好意的」

「……ほんとに？」

「うん……。珍しいと思う。ノゼットのサイトを見てみたって書き込みもあって……評判いい」

私も嬉しい、と岸田はマスクを目の下ギリギリまで上げながら小さな声で言う。

普段、商品に対する評価はレビューで確認できても、サイトのデザインに対しては評価がなかなか見えづらい。サイト自体を褒められたことは岸田にとって本当に嬉しいことなんだろう。もちろんあすかだって嬉しい。

「だから言ったでしょう。得られるメリットが大きいって」

「四ノ宮さん……」

いつの間にかあすかたちのそばにいた四ノ宮は郵便物を取りにいっていたようで、その腕には小包やたくさんの封筒が抱えられていた。岸田が手を出して「……四ノ宮さん、配る」と申し出た。四ノ宮は「ありがとう」と爽やかに笑って手の中の郵便物を岸田に手渡し、あすかに向き直る。

「メール、もう見ましたか？　早速仕事の依頼がきてますけど」

「えっ」

「ECサイトを持つメーカーは増えてますからね。自社でもやりたいと考えている会社は少なくありません。そこに、経済誌でちょうどタイミングよくあの記事を見つけたら、話くらい聞いてみたいと思ってもまあ自然なことですよね」

「……ほんとに？　この記事を見て？」

「メールにはそう書いてありましたよ。雑誌の取材記事を見て、今の時流に合ったサイトづくりの相談に乗ってもらえそうだって。……受け答えがばっちりだったってことです。良かったですね、ボス」

四ノ宮にそう微笑まれて、あすかはほっとして、力が抜ける。

「……そっか」

〝会社の足を引っ張ったらどうしよう〟と恐れていた話が、四ノ宮の言う通り新しい仕事へと広がった。仕事が増えれば、内容によっては黒字を大きくできる。少しだけ、光が見えてきた。

「良かったぁ……」

あすかは思い切りデスクに突っ伏した。

すぐそばで入間と四ノ宮が「あの服のチョイス最高です」「そうだろう三日三晩悩んだ」とやり取りしているのを聞きながら、この緩い紐帯《ちゅうたい》がいつまでも続けばいいなぁと思った。

——同時に。四ノ宮の記憶喪失はいつまで続くんだろう……と、あすかは不満にも近い感情を抱いた。

「経済誌一誌と、新聞二紙、どちらも社長インタビューの特集です。それからWEBの業界紙からも注目企業として取り上げたいと。あと……ネットニュースの記者からも取材希望があります。取材したい内容の詳細はそれぞれこの紙に」

そう言って四ノ宮は、デスクの上にA4用紙数枚分の取材企画書を置く。あすかは四ノ宮の顔色を窺うようにじっと上目遣いで見上げた。

彼はいつも通り、業務中の淡泊な表情でいる。そこから何も読み取れなかったあすかは、恐る恐る企画書に手を伸ばし、ぱらぱらと捲って中を確認する。記者からの希望は様々だ。若くして独立を決めたことについてや、人を集めるサイト制作のコツ。これからのWEB通販についての展望を問うものや……美容の秘訣？　これは答えて意味があるのか？　それに四ノ宮に訊いてもらったほうが有益な情報が……といろいろ思いはしたが。

企画書にひと通り目を通したあすかは、デスクの前で待っていた四ノ宮に言う。

「受けます」

「全部ですか？」

「ええ、可能な限りスケジュールを調整してもらえますか？　どうしても受けきれないものは、先方にも日程をずらしてもらえないか確認してください」

「……承知しました」

経済誌の取材を受けて以降、あすかには取材の依頼が立て続けに舞い込んでいる。一つ目の取材を受ける時には渋ったあすかだったが、雑誌が発売されてからの反響を見ると、取材を受けることが会社に利益をもたらすことは明らかだった。

あすかの容姿をネタにするメディアについては断ろうかとも考えたが、取っ掛かりはなんでもいいのかもしれない。とにかくなんでもいいからノゼットに興味を持ってくれる人が増えれば、サイトのアクセス数は伸びるし、仕事の依頼は増えるし。

事実、取材を受けた雑誌が発売されてからというもの、一気に依頼が増え、事務所は午前中から騒がしい。打ち合わせスペースで議論する声や電話で発注の確認をする声。人の声で溢れているオフィスを俯瞰《ふかん》すると、あすかはとても満たされた気持ちになった。

会社のためになるなら。社員の生活を守ることに繋がるんだったら、なんだってやる。

「ボス」

「はい？」

四ノ宮はまだ用件があるようで、あすかのデスクから離れず手帳を開いてそこに立っていた。あまり四ノ宮にそばにいられると仕事に集中できない。

相変わらず体を繋げたことは一切記憶にないという四ノ宮と、あすかは少し距離を置こうとしていた。何度抱いて抱かれたところで、今以上に距離が縮まることはない。それに何より、自分はもっと経営に集中しなければと反省していたので。

「なんでしょう。他に確認事項が？」

「今晩の立食パーティーですが……行かれるんですよね？」

「あ、そうでした……。はい、行きます。服は任せても？」

「もちろん」

　あすかに舞い込んできたのは取材の話だけではなかった。ＩＴベンチャーの社長として注目され始めると、新たに繋がった得意先から「ＷＥＢ業界の交流会に来ないか」と声をかけられるようになった。

　企画者の名前を聞けば、派手好きで有名なＩＴベンチャーの社長だった。あすかも雑誌で見かけたことがある。疲れる会になりそうだなとは思ったものの、コネクションをつくっておくに越したことはない。

「誠実に見える装いでお願いします」

「承りました」

　この会社のトップとして、ようやく自分にできることが見つかった気がする。あすかは今の状況に戸惑いながらもどこか安心していた。――だから。この時ちょっとずつ変わってきていた会社の空気には、気づけなかった。

夕方六時を過ぎて外に出た。夏が終わるにつれて少しずつ日は短くなり、虫の声が聞こえるようになってくる。もうすぐ秋だ。

「本当にお一人で?」

立食パーティーの会場まで向かう車の中で、運転中の四ノ宮はあすかに問いかけた。一人で参加するのかという質問に、あすかは苦笑して答える。

「お一人でって、そりゃ一人でしょう。呼ばれているのは私なんですから」

「一人くらい、エスコートする者をつけていたって別に構わないかと思いますが」

「そんなにそこの料理が食べたいんですか? 四ノ宮さん」

「……」

「……冗談です。睨まないで」

あすかの軽口に対して叱るようにむっとして見せた四ノ宮は、なんだか珍しく機嫌が悪い。そのことにそわそわしながら、あすかは言葉を続けた。

「形式ばらない気軽なパーティーらしいし、案内状に同伴も歓迎だとは書いてありましたが……」

「そうでしょう。……僕のエスコートじゃ不満ですか?」

そんなことを射抜くような目で言われると、ドキドキしてしまう。「運転中は前を見て」とたしなめながら、あすかの目には、眼鏡の奥の懇願する瞳が焼き付いていた。

だけどあすかにも、同伴を断る理由がある。

「不満なわけじゃありません。でも、ほら……私、お高く留まってるように見えるらしいから」

「……は？」

「こういう気軽な会にも秘書を連れてくるって、高慢な女に見えるのかなって」

「なんですかそれ。誰かに何か言われた？」

「や、誰かというか……」

「きみがそんなことを言うのは珍しい」

あすかは押し黙って、それから言おうかどうしようか少しだけ迷ってから、結局口を開いた。

「……ネットに」

「……ネット？」

「この間岸田が教えてくれたまとめサイトに、コメントが書いてあって……。〝美人社長って持ち上げられて鼻高々〟だって。〝お高く留まって人のこと見下してそう〟だって……それはさすがに、心象悪すぎるでしょう？」

「……くっ」

「……四ノ宮さん？」

なんで笑うの、とあすかがむっとして見せると、笑ったのをごまかそうとして全然ごまかせていない四ノ宮。運転方向を向いたまま小さく笑って、彼はつぶやく。

「その意外と気の小さいところ、好きですよ」

「……うるさいです」

「ネットの書き込みとか気にしちゃうんだ……」

「っ……仕方ないでしょう、客商売なんだから！」

「いやいや……うん。まあきみは、そういう人ですね」

馬鹿にされたようでひどく悔しい。けれど自分を正しく理解されているということが、とても嬉しくて安心できる。

「……わかっているんです。本当はそういう外の声に、いちいち左右されるべきじゃない」

「わかってるなら構いません」

昔からずっと誤解されがちだったのだ。「女王様」とか「人に従うような器じゃない」とか。そんなに自分の態度は高飛車だっただろうかと、あすか自身が不思議に思うほど。

本当は、自分でも少し過剰だと思うほど人の顔色を窺うし、他人を使役することも苦手なのに。

複雑な思いでいる顔を見られたくなくて、助手席の窓側に顔を向けていた。するとちょうどその時信号に引っかかったようで、車が緩やかに停止する。

「……ボス」

「っ！」

急に耳の後ろで囁かれてびくっと驚いた。慌てて振り返るとすぐそこに、運転席から上体を乗り出してきていた四ノ宮の顔がある。

「なっ、なんっ……」

久しぶりに至近距離で見た顔にあすかがドギマギしていると、四ノ宮はその距離のままでふっと笑った。

「……そんなに雑音が気になるなら、耳を塞いであげましょう」

「え？」

正直、なんの話をしていたか、一瞬思い出せなかった。〝ネットの書き込みのことか〟と思い出す頃には距離がゼロになりかけていて――あ、キスされる……と思ったけれど。

彼の唇は、あすかの唇ではなく耳元へと運ばれた。甘い声色で囁かれる。

「――かわいい人ですよ、きみは」

その一言でまた頭の中が真っ白になった。

目を伏せて、何も返事ができずに黙っていると、四ノ宮は信号が青に変わるのに合わせて運転席で姿勢を正した。何事もなかったかのように緩やかに発進する車。――おかしい。あんなに抱き合っておいて、たったこれだけのことで恥ずかしくなるのはおかしい。

そう思うのに、頬が熱くなっていくのを止められない。

少しして、車が目的地に到着する間際。四ノ宮が「本当に付き添っちゃだめなんですか？」と訊いてくるのに、「だめです」と返事するので精一杯だった。

立食パーティーの会場は、都内のファッションストリートの一角にあるレストラン。一階を貸し切っているという会場には、既に参加者が集まっているらしく、外にも賑やかな声が漏れ聞こえている。

駐車場で車を降りる時、見送るために一度一緒に車を降りた四ノ宮に向かってあすかは言った。

「送ってもらって助かりました。ありがとう」

「そう仰るなら会場の中まで連れていってくださればいいんですよ」

「それはお断りです。今日は一人で頑張って、なるべく人に感じ良く思われたい」

「変な虫がつくな……」

「……え？」

「なんでもありません。お気をつけて」

「……はい。服も、選んでくれてありがとうございました」

再び四ノ宮が見立てた服は、あすかのリクエストをうまく叶えていた。「誠実そうに見える服」という漠然としたお願いに対して、彼が選んだのは濃紺のカクテルドレスに白のストール。きちんとした印象を与える紺と、潔白さを物語る白。色で誠実さを滲ませながら、カクテルドレスには遊び心といった愛嬌が見える。四ノ宮はきっと、あすかが今日果たしたい目的を理解していた。人脈を広げること。次の仕事に繋がる人間関係をつくること。

本当によくできた秘書だと、毎度のことながら思う。

「どういたしまして」

そう答えた四ノ宮に微笑んで、あすかは身を翻して会場に向かおうとした。その時に。すぐ後ろから「失礼」という声が聞こえて、カクテルドレスで剝き出しになっている肩を摑まれた。

「え……」

なに、とあすかが振り返るより前に、首筋にチュッと、熱い感触が走る。

「っ」

キスマークを付けられたのだと瞬時に理解して、唇を感じた場所に手を当てバッと後ろを振り返る。後ろにいたのは当然、四ノ宮。その表情は——悪戯っぽく笑っていて。

「な、な……何するんですか！」

「申し訳ありません。——とってもお綺麗だったので、我慢が利きませんでした」

「我慢、て……」

これは夢？　あすかは驚きのあまり、キスマークを付けられた首筋を自分の手で押さえながら呆けてしまった。——誘うようなことは何もしていない。それなのに四ノ宮から。

何が起こっているのかと。

「すみません、出来心です。もうしないので許していただけますか」

今までだってこうやって、四ノ宮は好意を隠さなかった。だけどそのくせ、触れてくることはしなかった。それを思うと「もうしない」という一言だけが嫌に引っかかる。〝そんなこと言わないでください〟と、言ってしまいたくなる。

あすかは四ノ宮に触れられたい。

「……本当にもうしないで。こういうのは困ります」

それだけ言うと四ノ宮に背を向けて、会場に向かって歩き出した。あすかは考えていた。

触れられたい。

だけど自分は、そういうことにかまけていられる立場じゃない。誘惑するのも、煽られるのも、自分が満たされたいだけだ。それは社員の生活を預かる者が抱いてはいけない感情だと。

(わかってたはずなのになぁ……)

そしてきっと、四ノ宮もそれをわかっているから一線を引くのだ。

二度にわたって抱き合ったことを「記憶にない」と主張するのは演技か、媚薬の副作用による記憶喪失か。未だにはっきりしないけれど、四ノ宮はあれ以来、欲情を見せない。だから自分も距離を正そうとしているのに。どうして今になって、キスマークなんてかわいい欲を見せるのか。

たったこれだけのことで、あすかは一気に劣情を煽られてしまった。

立食パーティーでは、あすかは自分が目標としていた以上にうまく立ち回ることができた。比較的男性の割合が高いその会場は「自分が相手を楽しませなければ」という熱意に溢れ、あすかが無理して場を盛り上げようとしなくても自然に会話が回されていた。笑って、お酒を口にして相槌を打ちながら。口説かれているなと思えば相手の機嫌を損ねない程度に軽くいなし、ビジネスの匂いがしたところでここぞと口を開く。その場で受注が決まったわけではないけれど、「また相談させてほしい」という声も聞けたし、最近の業界事情を聞けたのもあすかには大きかった。

パーティーは二次会へなだれ込み、お開きになると下心が見え隠れするお誘いが行き交った。あすかはそれをするりとかわし、タクシーを捕まえて自宅兼事務所まで。

帰り着く頃には深夜の一時を過ぎていた。しかし、執務スペースの一角には明かりが点いている。――四ノ宮の席だ。

「まだいたんですか」

覗き込むと不機嫌な顔に出会った。パソコンのモニターに表示されていたのは新人の嶋の企画書。明日提案だと言っていたから、四ノ宮が最終チェックをしていたところらしい。

四ノ宮はタイピングしていた手を止め、ゆっくりとあすかの目を見る。

「随分と遅いお帰りですね」

「二次会が……思ったよりも長くて」

責めるような視線から逃げるように四ノ宮の席を離れる。備えつけの冷蔵庫からペットボトルのミネラルウォーターを取り出し、部屋の隅にあるソファに座って口をつけた。

今夜のパーティーでは、アルコールを摂りすぎないように気をつけた。お酒はあまり強いほうじゃない。酔って醜態を晒すわけにはいかなかったので、ソフトドリンクをアルコールに見せかけて持っている時間がほとんどだった。

それでも勧められた分は飲むしかなかったので、今の状態はほろ酔い。

そんな姿も、四ノ宮には面白くなかったのだろう。自分の席から立ち上がり、彼はソファに沈み込んだあすかの前に立つ。

「……その状態じゃ虫除けも効果が薄いな」

「ん？」

今夜の四ノ宮はやけにぼそぼそとしゃべる。あすかはまた、彼の言葉が聞き取れない。

「……ボス。こういうことはあまり言いたくないんですけど」

そう言いながら、四ノ宮はソファに両手を突く。あすかの逃げ場をなくすように体の左右を塞ぎ、上から覆いかぶさるように。

一見するとこれから甘いスキンシップが始まりそうな光景であったが、四ノ宮の顔は険しい。キスをされるわけではないなと、わかっていた。キスをしてくれたらいいのに、と思った。

「そんなに交流を大事にする必要、ありますか？」

——ほら。やっぱり。案の定怒られた。

まだ少しぼーっとする頭で、目の前の真剣な目を見つめ、返事をする。

「必要だと思うから、参加したんです。無駄なことはしません」

「取材をいくつか受けただけで、もう充分だとは思いませんか。今のノゼットはリソース的にこれ以上仕事を受けられなくて断っている状態です」

「でもそれだって、いつまで続くかわかりません」

酔いでくらくら眩暈がする。あすかは自分の額に手の甲をつけて目を閉じた。言いたいことを頭の中で整理する。

「将来の受注に繋がる可能性があるなら、どんな縁でも繋いでおきたい。一度でもないがしろにして見限られたら？　いつかチャンスが巡ってきた時に、〝でもあそこの社長は付き合いが悪い。やめておこう〟なんて判断で立ち消えてしまったら。それって、私のせいですよね」

「……きみはそんな窮屈な思いがしたくて社長になったのか？」

――そうじゃない。そうじゃないけど。

閉じている目から涙が滲みそうになった。きゅっと唇を噛んで、涙は瞼の内側に留めた。正面に立っている四ノ宮にはバレてしまったかもしれない。

あすか自身も理解していた。自分の考え方はひどく窮屈で、ほとんど妄想に近い。最悪のパターンばかり考えて、それに対して自分にできることをやっていないと落ち着かなかった。四ノ宮が厳しい顔をしているのは、そんなあすかの根本的な問題を正そうとしているからだ。

だけど。あすかの目の前にいるのは、秘書でありながら——特別な男なので。怒るよりも甘やかしてほしい。そう思ってしまう女の部分が顔を出す。

「……四ノ宮さん」

まだ厳しい顔で目の前に立っている四ノ宮に向かって、あすかは腕を伸ばした。

「……なんです?」

四ノ宮はその腕を受け入れながら不思議そうに眉根をひそめる。彼の首に回した腕をぐっと引き寄せると、四ノ宮は屈まされて無理な体勢になる。近くにきた耳に向かって囁いた。

「わかりました、四ノ宮さん。あなたの言っていることは正しい。こういう種類の仕事は、今後は抑えましょう」

「はあ……本当にわかってもらえたなら、いいんですが」

これはなんです? と。ソファに座っているあすかの上に抱き寄せられた四ノ宮は困惑している。この戸惑いからしてやはり、体を重ねた記憶はすっぽり抜けたままらしい。

いつまでも自分の男にならない。そのことにひどくイライラした。

逞しい体を抱きしめながら、あすかはもう一度四ノ宮の耳元に向かって囁く。甘い声を媚薬にして注ぎ込むように。

「あなたも、ここ最近は随分遅くまで仕事をしているみたいですね」

「……社員が増えて仕事も増えた分、マネジメント業務も多くなりますし」

「ええ、とても助かっています。あなたが私の目の届かないところまでケアしてくれてるのも、知ってます」

「っ、ボス。そこでしゃべるのはやめっ……」

「いつもの御礼がしたいんです」

「——え？」

四ノ宮が間の抜けた顔をした一瞬を見計らって、あすかはぎゅっと四ノ宮の体を抱いたまま、ぐるんと体を反転させる。あすかが、四ノ宮をソファに押し付けるように。

「え、なに……ボスっ⁉」

四ノ宮はわけもわからず、あすかを前に抵抗できずにされるがままでいる。あすかは止められる隙を与えないように手早く四ノ宮の両腕を、さっきまで自分の髪を束ねていた黒いリボンで縛る。あすかを傷つけられない四ノ宮には、それだけで充分だった。

「私がしてあげます」

あすかは艶めかしく舌なめずりをして微笑むと、四ノ宮のYシャツのボタンに手をかけた。

「〝してあげます〟って……一体、なにっ」

「こんな状況になればわかるでしょう。そもそも……想像していたんでしょう？　私の体で」

「っ、こんなのはしてない！　自分が攻めるのはたくさん想像したけど、攻められるのはなかったですか？」

「……こんなのは、ね。

言葉で嬲ると確かな手ごたえ。四ノ宮の珍しく気まずそうな表情にあすかは笑いそうになった。一週間前に耳にした彼の言葉が妄想ではなかったと確認できて、ほっとする。彼が日頃から自分に対して抱いていたという劣情は本物。

そう思うだけでドキドキした。

「……あっ」

Yシャツの前をすべて開けて、中に着ていたインナーを捲り上げる。素肌に手のひらで触れると逞しい体はびくりと震えて、抗議する声も震え出す。

「や、め……」

「やめるんですか？　すごく期待しているようですけど」

左胸の上に手のひらを当ててみる。ドクドクと、内側から誰かが叩いているかのように大きな鼓動。そのますっと指先を下に這わせて、今度は上がって。元の位置に戻す時にきゅっと胸の頂をつまむ。

「っ……」

明らかに反応しているくせに我慢しようとする姿。あすかはどんどん煽られていく。

四ノ宮は弱々しい声を漏らした。

「……こんなのはだめだ」

「どうして？」

「きみが僕なんかに、こんな……」

「じゃあ他の男《ひと》ならいいんでしょうか」

「ふざけるな。……そんなわけないでしょう」

両腕を縛られたまま、少し言葉を乱して心底嫌そうに否定する四ノ宮に、あすかの胸の奥はぐっと絞られた。彼が一方的にあすかに対して抱いている敬愛。自分なんかが触れてはいけないという勝手な思い込み。その一方で、誰にも触れさせたくないという独占欲。ゾクゾクする。

その清潔な首筋に唇を寄せながら、ズボンのベルトに手をかけた。

〝忘れた〟と言うなら、思い出してほしい。

「……ボス、いい加減にっ……ん」

うるさい口を黙らせるように唇を押し当てる。再三お互いの唾液を交換して貪り合った唇が、今はぎこちない動きで自分を拒もうとする。あすかはそれを許さない。

きっちり閉じられた唇の接点を舌でつつき、舐め上げて開くように促す。抱き合った夜と同じように、唾液を奪い合うように。

「ん……」

目を閉じることもせず薄目でこらえる四ノ宮は、彼の唇が開くのをねっとりと執拗に待つあすかの舌への対処でいっぱいいっぱいだ。その間にジジ、と彼のズボンのジッパーを下ろし、下着の穿き口から手を忍び込ませた。すっかり大きく膨張しているモノを取り出す。

「っ！　ボスっ……ん、ぐ」

驚きで思わず声を発した時、口が開いた一瞬を逃さずあすかは舌をねじ込んだ。さすがにまずいと思ったのか、四ノ宮がリボンで縛られた腕でも抵抗を始めたので、ソレをあすかは精一杯自分の体に引き寄せて抱き込む。歯列を丁寧に舐めながら、自分の手の中でビクビクと脈打つソレを細い指で熱心にしごいた。

「ん、っ……は、すごい……ん……。キスしながら触るだけで、こんなになるの……？」

「っ……」

直に触れるのは初めてで、あすかはその質量と熱さに純粋に驚いていた。鈴口で光る透明な液体を見て、気持ちいいとこんな風になるのかとなんとなく理解しながら、これが自分の中に入っていたことが信じられずにいる。溢れてくる液体のせいで、あすかが指を動かすたびにクチクチと音が鳴った。

キスを拒もうとしてぎこちなかった舌が、次第にあすかの舌に動きを合わせてくる。

「ボ、ス……も、っん……手、離して……」

あすかはそれを手でしごき続けながら問いかける。

「……出そうなんですか？」

言葉にするのは憚《はばか》られたのか、四ノ宮はもどかしそうな顔でこくっと頷いた。異様な色気を放つ今の四ノ宮を凝視してしまう。いつもきちっとスーツを着こなして澄ました顔でいる彼のこんな姿を前にすると、あすかにも疼き出す部分がある。

出そうだと言うからどうするべきか一瞬迷って、考えた末にあすかは、縛られて体が自由でない四ノ宮の上に跨《また》がった。

信じられない、という顔で四ノ宮が見上げてくる。

「……な、にを」

「四ノ宮さん、避妊具は今持っている？」

――もっと興奮させることができれば、思い出してくれるだろうか？

「持ってるわけないだろ……だめだ、ボス」

それはだめだ、と彼は繰り返す。今更何を言うんだろう。前の夜だって、四ノ宮は後悔しているく気持ちをたくさん口にしたけれど、結局あすかを良いようにしたのだ。蹂躙して、蹂躙して蹂躙して。

立場の逆転。心身ともに支配下に置かれる感覚を、あすかはその時生まれて初めて味わった。

四ノ宮は縛られたままの両手で懸命にあすかの体を押し離そうとする。

「きみとこんなことをするなんて、僕には……」

「畏れ多い、とでも言うんですか？　また」

邪魔な感情だと思う。そもそもあすかは、そんな風に思ってもらうほど自分を立派な人間だとは思っていない。

「畏れ多いと思うなら、目隠しでもしてればいいんです」

そう言ってあすかは、そっと眼鏡を奪い取り、自分が身に着けていた白いストールを四ノ宮の顔に巻き付けた。視界を遮るように。

「待っ……」

「心配しなくても挿れません。私も避妊具は持ち合わせていないので……」

そう前置いて、あすかは自らドレスの下のショーツを脱ぎ払った。目隠しをされたままの四ノ宮はそれを気配で察しているようで、ごくりと唾を飲む。

互いの濡れた部分を触れ合わせて、あすかはゆっくりと腰を動かした。

「うっ……んんっ」

感じている声を咳払いでごまかそうとする四ノ宮の唇を舐める。

「気持ちいいんでしょう?」

「……っ」

「隠さないで。……私も気持ちいいです、四ノ宮さん」

向かい合った状態で、自らの割れ目に四ノ宮の屹立した肉棒を擦りつける。どちらのものかわからないぬめりで滑りが良く、動くたびにあすか自身の敏感なところも刺激される。声が出てしまいそうだった。

しばらくそれだけの動きに夢中になり、繰り返しているうちに。

「っ」

「だめですね……なんだかこれ、入っちゃいそうで……っ」

「……ボス」

「なんです……？　もう、やめろと言われても、今更っ……」

「ボスっ……僕の、ズボンの後ろのポケット」

「……ポケット？」

あすかは下肢を擦りつけたまま上体を乗り出し、彼のお尻部分にあるポケットを探る。

「……あ」

中に入っていたのは正方形の銀袋。

「……四ノ宮さん、さっき持ってないって言ったじゃないですか」

「……」

「と言うか、訊いておいてですけど……なんで持ってるんです？　こんなもの」

目隠しをしていても読み取れる気まずさ。四ノ宮はふいっと顔をそむけ黙秘する。大方、〝持っていない〟と言えばあすかが諦めると思ったのだろう。

「……教えたってことは、挿れたいってこと？」

返事はないけど、それ以外に答えはない。

うまく着けられるだろうか。銀袋を破き、中から取り出したそれを、向きとかあるのかがった。そのまま、くるくると下ろしていく。

な……とくるくる引っくり返す。こっちかな……という面を見つけて屹立した先端に宛て

「ん……」

「これくらいで感じないでください」

「仕方ないだろ……きみの手つきがぎこちなさすぎる」

「……うるさいですよ！」

根元まで下ろせたのを確認して、反り勃つ四ノ宮の上で蜜口の位置を調整する。くぷ、

と先端が入ったことがわかると、あすかはひと思いに腰を落とした。

「う、あ……っ！」

目隠しをしている四ノ宮の口元が刺激に歪む。あすかもあすかで、何度受け入れても慣

れない挿入時の衝撃に、思わず目の前の四ノ宮にしがみついていた。彼は苦しそうに呻く。

「は、あっ……っ、こんなことして、どうするんですか……明日から……」

「っ……どうせまた忘れるんでしょう……？」

「……え？」

「どうせまた四ノ宮さんは、忘れてしまうんでしょう。んんっ……それなら明日からのこ

となんて、悩むのも馬鹿らしいです」

「……きみは何を言っているんだ？」

「別に……あなたと愛し合いたいと言っているだけ」

「っ」

耳の中を舐めるとナカでびくっと反応して、軽く達しかけたことが伝わってくる。体だけがとっても正直で、あすかの中で〝虐めたい〟という衝動が大きくなっていく。

挑発するように腰をくねらせた。ナカにいる四ノ宮をしごくように。

「ずっと我慢してたんですよね……。ずっと私のココに、挿れたかったんでしょう？　実際の感触はどうです？」

「どうしてそれをっ……」

「真面目な顔をして……考えてることはただの男だったんですね」

「そんなことを言ったらっ！　……きみだって、こんな、ただの女だっ」

「そうですよ。——あなたが勝手に、私をそうじゃなくしたんです」

「……え？　っ、あ」

言われた意味を一瞬理解できないでいた四ノ宮を追い立てるようにあすかは腰を振った。

「ぐぁっ……あす、か……。それっ……やばいっ……」

とっさに「あすか」と呼ばれたことに、きゅんと胸をときめかせる。

「あッ……いいッ、四ノ宮さんっ、これ……気持ちいいっ……！」

あすかは自分の感じる場所を見つけ、そこに先端がぶつかるように角度を調節する。それは四ノ宮にとっても良かったようで、彼の口からはもどかしそうに喘ぐ声が漏れていた。

「ん、っ、あ……んんっ」

「覚えてください っ……私はここが、気持ちいい」

「……ここ、ですか？」

「あっ……あぁーっ……」

ずっと突かせていた場所をぐりぐりと擦られ、あすかは腰から膝をガクガクと震わせながら軽く達してしまう。キツくなった感触に四ノ宮も限界が近くなったのか、下からの突き上げを激しくする。

「はっ、はぁッ……あぁもうっ……出そうだ」

「ん……いいですよ、もう、イって」

「あすか……顔、見たいっ……」

ちょうど彼の顔に巻き付けていたストールがずれて、片目が露わになる。その瞬間にキスを仕掛けた。興奮のまま、二人は同時に。

「ん……あぁっ……！」

頬を伝った汗が顎からこぼれ落ちる。果てて火照った体を寄せ合う。ソファの上で、四ノ宮は腕を縛られたままのせいであすかに触れることも叶わず、頬を擦り寄せた。

そしてほとほと呆れ果てた声で言った。

「いつからこんな淫乱になったんです……」

誰のせいで……と言おうとして、やめる。もう別の男の影を疑われるのは御免だ。

代わりにあすかは別の質問を自分から投げかけた。

「あなたは、私のことが好きなんですか……？」

「もちろん……敬愛していますよ」

「……敬愛、ね」

三度体を重ねたところでまだ、二人の間には《敬意》という分厚い壁がある。

もどかしい気持ちにさいなまれながら、あすかは再び緩く勃ち上がり始めている四ノ宮に秘部を擦りつける。——ふと。自分と寝た記憶のない彼が、どうして避妊具を持っていたんだろう？　と。

些細な疑問を残して、この夜は更けていった。

七章　飴と鞭とレモンキャンディー

彼はいつも、一体どのタイミングで記憶をなくしているんだろうか？

オフィスの一階、作業スペースのソファで四ノ宮と散々抱き合った後、あすかは彼に促されるまま一人でシャワーを浴びた。半袖シャツとショーパンという楽に眠れる格好に着替えて、濡れた髪をタオルで拭きながら一階に下りると、彼は既に退勤していた。

汚してしまった床や椅子は綺麗に拭き取られていて、使用した避妊具もどこへやったのか見当たらない。確かに、誰が目にするかわからない作業スペースにあるのはまずいから別の場所で処分したんだろう。

自分のデスクに書き置きされたメモを見つけ、拾い上げる。そこには強くて綺麗なボールペン字で〝着替えに帰ります〟と。その続きに〝シャツにショーパンなんて風邪引きそうな格好では眠らないこと〟と書かれていて、つい自分の全身を見直した。

抱き合った二晩のことを覚えていなかった四ノ宮は、体を繋げた夜から朝までの記憶があやふやだと言っていた。それならば、朝まで一緒にいればさすがに忘れないんじゃないか、と。そう思ったのに。

「……なんだかなぁ」

気づけば毎回一人にされていて、寂しくなってしまう。彼がナカにいたという事実だけが確かにじんじんと疼いて、もどかしい。

あすかは四ノ宮が残したメモを大事に自分のデスクの引き出しにしまい、二階の自室に戻って眠ることにした。窓の外がうっすらと明るい。夜が明けかけている。

残業をするとかしないとかの問題ではなく、寝不足のあすかは翌朝もコンシーラーに頼らざるをえなかった。朝十時を過ぎてのろのろと一階へ下りていく。痛む腰とガンガン響く頭を擦りながら。

「おはよう……」

挨拶すると「おはようございますー」と既に出社している何人かから返事をされる。そんな中、岸田がデスクからゆっくりとあすかに振り向く。

「……ボス。ちゃんと寝てます……?」

表情筋のほとんど動かない顔が首を傾げて尋ねてくる。微妙な違いだが、いつもより少しだけ声が不安げなのを感じ取って、あすかは笑う。

「大丈夫、寝てる。心配してくれてありがとう、岸田」

そう返事をして後ろめたさが募る。仕事をしていて寝不足だというのならまだしも、まさか四ノ宮と……なんて。自分がしているのはそういうことだと思うと、あすかの中で罪悪感ばかりが大きくなっていった。

「そういえば入間は……」

いつもなら誰よりも早く自分を見つけて熱烈に絡んでくる入間の姿が、今朝は見えない。

「今日は、撮影」

「ああ、そうだった」

岸田に言われて、そういえば今日は朝から撮影で出張に行くと言っていたことを思い出す。ちょうど出張先で有名な写真家の展示があるから、ついでに見てきてもいいかと訊かれたのだった。あすかがそれをだめと言うはずがない。

ふと、気になっていたことを岸田に問いかけた。

「ねぇ、岸田」

「……なんですか?」

「入間はこの仕事、楽しいかな?」

質問の意図を測ろうとしているのか、岸田はじっとあすかを見つめ返して、いつもよりたっぷり時間をかけて口を開いた。

「…………楽しそう、だとは思う」

「そう」

「……撮影で地方に行ったら……美味しいものが食べられるって、嬉しそうだし……あと、バイヤーさんのセンスが良いって」

「うん」

「……どう撮るべきか難しい、考えさせられるものを選んできてくれる……って前に言ってた」

岸田は珍しく長い言葉をしゃべったからか、そこまで言うと〝はぁ〟と小さく息をついた。一生懸命言葉を選んで、吟味して、答えてくれた。

「それなら、いいんだけど」

このところずっと考えている。社員にとって、今ここが一体どれほどの価値を持った場所なのか。働く価値があると思ってもらえているのか。財務状況については社員が知るところではないだろうが……。

こと入間に関しては、その才能の活躍の場がもっと広がるはずだったところを、自分が引き留めてしまったという負い目がある。

その場でじっと考え込んでいると、岸田がもう一度口を開いた。

「……ボスは？」

「ん？」

「ボスは、ボスでいるの、楽しい？」

問われた瞬間、すぐには返事ができなかった。そのことに自分自身が衝撃を受ける。

不自然に思われないほどの間で返事をする。

「もちろん。みんなが気持ちよくここで働いていてくれたら、私は嬉しいわ」

「……そっか」

その言葉に嘘はない。嘘はないけど、不足はある気がしている。楽しいだけかと言えば決してそんなことはないのだ。――だけど、こうしてついてきてくれている人に、どうしてそれを打ち明けられるだろう。〝これで満足じゃない〟なんて、口が裂けても言えないと思った。

あすかが自分の業務に取り掛かり始めた頃、四ノ宮の姿が見えた。四ノ宮は嶋と打ち合わせスペースから出てきたところ。そういえば昨晩も、嶋の提案書の確認を遅くまでしていたことを思い出す。立ったまま二人が言葉を交わしているのを遠目に見ながら、あすかは特に四ノ宮を凝視した。

デスクに残されていたメモには着替えに帰ると書かれていた。その通り、彼の服装は昨日と変わっていて、Yシャツの柄はストライプになっている。もう少し目を細めてよく見てみる。今度は顔を。朝から打ち合わせをしていたなら、四ノ宮はあすかと同じくらい睡眠不足なはず。しかし、その柔らかな目元にクマらしきものは見られない。あれだけ夜通し激しい運動をしておいて、なぜ……。

自分のデスクからじっと見つめていると、さすがに気づいたのか四ノ宮が振り向き、あすかに向かってふわっと微笑んだ。それからゆっくり歩み寄ってくる。しまった、と思った。だけど不自然に逃げ出すこともできない。

とっさに、手元にあるなんの書類かもよくわかっていない紙切れに視線を落とし、読んでいるフリをした。

「ボス」

低くて柔らかい声が落ちてくる。

その声の感じに、あすかは期待する。

(もしかして、覚えている……?)

ああでも、昨夜だけ覚えているというのもそれはそれで……!

自分から四ノ宮を縛って襲ってしまったことを心の底から後悔した。

「なんですかボス。そんな熱い目で見てきて。何か御用ですか?」

「う、あ……」

昨日の今日で。むしろ、今日の夜明け前まで抱き合っていた。自分から彼の腕を縛って良いようにしていたことを思うと……。あすかは彼の顔が見られなくなってしまった。

「……ボス?」

「な……なんでもありません!」

「そんな意味深な態度を取っておいて、なんでもないとは……」

若干呆れたようなトーンでそう言われて、またこのパターンかと埋まりたくなる。この摑みどころのないふわふわとした返しが、意地悪なのか、はたまた本当に記憶喪失なのか。どうにも測りかねるのだ。

だからわざわざ言葉で確かめる。

「……四ノ宮さん。昨日の夜はどうしていましたか？」

「え、昨日ですか」

ぴくっ、と動いた顔にあすかも反応する。

「ええ……昨日の深夜。あそこのソファで会話したんですけど、覚えていますか？」

うーんと……と彼が、記憶に迷ったような仕草を見せる。あすかはふと思い出して、デスクの引き出しを開けて付箋を取り出し、黙って彼に見せた。

「これは……僕の字ですね？」

その言い方に、ああ覚えがないんだなと察しがつく。

「あなたの字ですね」

「〝着替えに帰る〟……。あと、〝シャツとショーパンで寝るな〟？　いつのものですかこのメモは」

「書いた覚えはない？」

「少なくともここ最近では、ないですね」

あすかはがくっと肩を落とした。

「なんです。このメモ、どうしたんですか？」

「いえ、なんでもありません……気にしないで」

「気にするなと言われても」

「気にしないでください」

もう一度強く言えば、四ノ宮はもう逆らえない。釈然としない顔をされて、社長と秘書の関係を利用してしまった自己嫌悪に陥る。更に最低なことに、気づいてしまった自分の汚点。――四ノ宮の記憶がないのを良いことに、彼の体を蹂躙している。

最初の一回は自分が媚薬を盛った。二回目だけは、あすかが四ノ宮に襲われたことになるのだろうが。だけど三回目は、あすかが彼を縛り、目隠しをして行為を迫った。

「ボス……？」

様子がおかしいと思ったのか、慎重な手つきで頬に触れてくる。また、コンシーラー禁止だとか、唇が荒れているとか言われてしまうなぁと思いながら。ふと、この手に下心はあるのかどうか考えてしまった。じっと四ノ宮を見つめる。

「……大丈夫ですか？」

低く柔らかい声に答えず目を伏せた。爪を綺麗に切りそろえてある清潔な指先。上手に劣情を隠した指先。きっと下心はあるのだ。そうであってほしい。

そう願っている自分に気付いて、あすかは誘うようにその手に自らの頬を擦り寄せた。

四ノ宮がドキッとした顔を見せる。

「……あの、ボス」

「ん……？」

「みんなが見てる……」

ハッと我に返って四ノ宮の手を放した。周りを見渡せば興味津々の社員たちのまなざし。

「っ……！」

なんの言い訳も思い付かず、あすかはさっと席を立ち、仕事の書類を抱えて社長室にこもった。社員の前で男女の空気を醸し出してしまい、自己嫌悪のループから抜け出せなくなっていた。

しかし、夕方になり、社長室に響いたノックの音を皮切りに、そんなことを考えている場合ではなくなった。


「すみません、ボス……」

今年新卒で入社した嶋は、青い顔で謝罪し頭を下げた。社長室の応接テーブルで、片側に嶋と、同席している四ノ宮。あすかはその対面に座っている。

あすかは〝ふぅ……〟と息をついて口を開いた。

「――いいです、嶋。頭を上げなさい。状況はよくわかりました。それで、名智《なち》社長は私を呼ぶように言ったんですね？」

「はい……」

名智カンパニーはノゼットの取引先の一つだ。アメリカの某ブランドとのルートを日本で唯一持っている会社で、そこの商品はノゼットのサイトでも人気の商品となっている。

あすかも商談で商品を見せてもらった時、テーブルに置かれた上品なクラッチバッグに一目惚れしたことを覚えている。

嶋は今日、前日まで必死で準備してきた提案書を持って名智カンパニーへ行った。一人で行かせたのはあすかの方針だった。

自分が主体にならない限り真剣にはなれない。社員にめっぽう甘いあすかは、社員の成長に関わるその部分だけは譲らず厳しく、過酷な場所にどんどん若手を放り出していった。間違いだと思ったことはないけれど、その結果が今回は。

「……嶋、状況にもよるけど。もし自分で収められそうなら、私はこの件、あなたが最後までねばったほうがいいと思う」

「……」

「相手が不満を爆発させてきたら、それが一番相手の信頼を勝ち取る機会にもなるから。できるものなら自分で収めたほうがいい。でも、一番状況をわかってる嶋の肌感に任せるわ。どうするのがベストだと思う?」

「……俺は」

普段は飄々としていて胆《きも》の据わっている嶋が、震える声を押さえつけながら顔を上げる。

「俺は、ボスに行ってもらったほうがいいと思います」

「……そうですか」

「すみません……。本当は、少し前から関係が悪くなってたんです。打ち合わせにいってもきちんと話を聞いてもらえないというか……」

「……嶋。責めるわけじゃないんだけど、それならどうして早く相談してくれなかったの？」

「申し訳ありません……」

「そうじゃない。……私は理由が訊きたい」

あすかの目から見て、嶋は新人とは言いがたいくらい良くやっていた。仕事も丁寧だし、熱意もある。飄々として生意気なところがあっても、仕事のことでわからないことがあれば〝わからない〟とはっきり言える素直さがあった。

報告も相談も密だったから、正直彼のことを少しも心配していなかったのだ。それが今回に限っては黙っていた。その理由が知りたかった。

嶋はじっとあすかの顔を見て、また少し黙って。一度俯いてから、また顔を上げて。それからゆっくりと口を開いた。

「……これ以上、ボスの仕事を増やしたくなかったんです」

「……え？」

「ただでさえボス、最近外での仕事が多くて時間が無いのに。余計な心配事を増やしたくなかった。それなのにこんな……。本当に、申し訳ありません」

「嶋……」

四ノ宮は何も口を挟まずに、じっと横に控えて聞いている。あすかは、嶋が相談できない状況をつくっていたのが自分自身だと知って途方に暮れた。

その後、あすかは四ノ宮を連れて名智カンパニーに向かった。嶋には〝心配するな〟と念を押すように言い含めて。

『あそことは付き合いが長いから、大丈夫です。あなたがどれだけ大きなポカをやったとして、修復できるくらいには関係ができてる。だから嶋は今回のことは気にしすぎないで好きなようにやって。あなたのクライアントなんだから』

そう伝えた時に、嶋は悔しそうながらもしっかりと頷いたから、彼はもう大丈夫だと思う。あとはあすかの問題だけだった。

名智カンパニーに行けば案の定、社長はカンカンに腹を立てていた。理由を訊けばその不満の理不尽たるや。

嶋にたいした落ち度はなく、名智社長はただ年次の若い嶋を自社の担当につけたことが気にくわないようだった。あすかは彼の話を聞きながら根気強く、嶋がどれだけ優秀で、名智カンパニーにどれだけ真摯に向き合っているかを伝え続けた。

最終的に名智社長は、少し白い毛の混じった眉をぎゅっと寄せて顔をしかめて言った。

「……まあ、皇さんがそう言うなら」

あすかはにこっと綺麗に笑って、こう返した。

「長年お付き合いいただいている大事な名智カンパニー様ですから、最高のスタッフをおつけしているつもりです。それでも至らないところがあればいつでも仰ってください。私もまだまだ若輩者ですから、御社に学ばせていただきたいと思っているんです」

「またまた……。これからもよろしく頼みますよ」

こうしてこの一件は事なきを得た。


事務所に帰るため、四ノ宮が運転する車の助手席に乗り込むなり、あすかは腹立たしげに長い脚を組み〝ううっ……〟と唸って頭を抱える。隣で四ノ宮がシートベルトをしながら声をかけた。

「パンツスーツだからって脚を組むのは良くないですよ。骨盤が歪みます」

「だっ……もう……もうっ！」

言葉にならないイラ立ちにあすかは悶えた。

「腹立たしい……！　なんなんですあの人は！　長いお付き合いですけど、あの言い方は……下請けを奴隷か何かと勘違いしてるんじゃない⁉」

「そうですね。ボスに対しては紳士的でいたけど、あれでは、嶋は相当無茶を言われていたんだろうなという印象です」

「モンスター……！」

「同感ですね。……まあ、よく我慢しました。昔のあなただったら一発で逆上して、理詰めでまくしたてて関係を終わらせていたでしょう」

「……」

「飴、舐めますか？」

「……ください」

返事をすると四ノ宮はどこからかレモンキャンディーを取り出して手渡してきた。あすかは包みを開けて黄色い飴玉を口の中へ放り込む。酸っぱく甘い味が口の中いっぱいに広がって、それで少しだけ心が落ち着く。

四ノ宮の言う通り。昔の自分だったら、あの社長をあの場で罵倒していた。その自覚があるから今日は四ノ宮を同行させたのだ。

「事務所を出る時に、〝ついてきてください。でも何も口出ししないで〟と仰ったので、〝手が出そうになったら止めろ〟って意味かと思っていたんですが」

「すごいですね本当に……その通りです」

「でも我慢できたじゃないですか」

穏やかにそう言いながら、四ノ宮はゆっくりと車を発進させる。

あすかはぽつりぽつりと言葉を紡いだ。

「昔は顧みるものが何もなかったから……。今はそういうわけにもいかないでしょう。この大口案件での収益がそのまま、みんなの生活費になると思えば……」

「そうですね」

「社長の人間性こそアレですけど、現場の担当者はみんな良い人でしょう？　任せてくれる仕事だって面白い。上手に社員を守って、ちゃんと繋がりを保たなきゃ」

「ボス」

「なんです」

「ご立派です」

ふわっと笑って褒めるその顔は、あすかにとって最大級のご褒美だ。それを四ノ宮は知っているんだろうか？

思わずときめいてしまい、飴玉を舐めることも忘れていた。

「……あ」

四ノ宮が小さく声を漏らす。あすかはそれに反応して、ぎこちなく声を発する。

「……どうかしましたか？」

「あ、いや……僕も飴を舐めようと思ったら、さっきのがラストだったみたいで」

「……返しましょうか？」

「何言ってるんですかもう、食べたくせ、に……」

ちょうど信号待ちのタイミングだった。――だから。身を乗り出したあすかは四ノ宮のシャツの襟をぐっと捕まえると、彼の唇に自分の唇を押し当て、そっと口の中の飴玉を口移しした。

唇を離す。飴玉をこぼさないように口を閉じて、四ノ宮はぽかんとしていた。

「……四ノ宮さん、信号。青です」

「あ、あぁ」

慌てて前に向き直る四ノ宮。二人の間に微妙な空気が流れる。それは今までの二人にはなかった甘酸っぱい空気。社長と秘書の淡泊さでもなくて、抱き合う男と女の淫靡さでもない。喩えるならまるで、学生同士の初々しい恋愛のような。

今更だな、と思いながら、今のキスに疑問を持ち始めた四ノ宮に何も言わせず先制を切る。

「嶋が悩んでたって、四ノ宮さん知ってました?」

「……あの、ボス。今のは一体」

「真面目に相談してるから答えて」

「えぇっ……」

納得できなさそうに声を漏らし、ちらっと表情を窺ってくる四ノ宮の視線を手のひらで遮る。

「運転中は前を見てください」

「……はい」

「それで、知ってたんですか」

気恥ずかしさをごまかすように質問してしまったが、気になっていたのは本当だった。名智カンパニーの社長を丸め込むことはできても、今回の問題の本質はそこじゃない。

四ノ宮はまだあすかの表情を気にしながら、それでも進行方向を向いたままで答える。

「……知ってたかどうかと言えば、知ってましたね。時々歯切れが悪かったので気になってはいたんですが、何に困っているのかまでは訊き出せませんでした」

「そうですか……」

あすかは額をこつ、と窓に当てて外の景色を見る。

「嶋は、私に余計な心配をかけたくないと言っていましたね」

「言ってましたね」

「それって……私の落ち度ですよね」

四ノ宮は何も言わない。静かな走行音が車内に響いて、沈黙は続く。

たぶん、この沈黙は意図的なもので。四ノ宮はあすかに考えさせるためにわざと黙っている。下手な気休めでフォローするでもなく、ちゃんと自分で考えさせてくれる。

流れる景色を見つめ、頭を悩ませていると見慣れた景色が現れ始めた。事務所に着くまであと少し。はぁ、とあすかが息をついた時に、四ノ宮はやっと口を開いた。

「きみは優しすぎるから、本当は経営者には向いてないいんだと思う」

「……〝社長になればいい〟って、四ノ宮さんが言ったんですよ」

「そうだった」

なんて無責任な……と思ったものの、最終的に社長になることを選んだのはあすかだ。

四ノ宮の手厳しい言葉は今に始まったことじゃなくて、独立してからはずっとそうだった。傷つけられ、甘やかされ、飴と鞭でここまで支えてきてくれた。〝経営者に向いてない〟と言いながら、それでも彼は決して〝社長をやめろ〟とは言わない。

あすかが窓に額をつけてぼーっとしている間に、四ノ宮が運転する車はノゼットの事務所に帰り着いていた。

「着きましたよ」

「……はい」

ぼんやりと返事をしながら、自分で車のドアを開けて降り立つ。四ノ宮が運転席から出てくるのを待って、事務所の玄関へと向かう。

夜九時前。玄関のドアを開くと、中に社員は残っていなかった。今日はノー残業デー。どれだけ受注が増えても、プライベートを大事にしてもらうために月に二回は確保している。これも甘さになるのか？　でも大事なことだと思う。

「……え？」

会社には誰も残っていないはずだった。

「ボス？」

声を漏らしたあすかの反応を不思議に思った四ノ宮が、あすかの視線の先を追う。部屋の奥に明かりが点いていて、そこには社員の一人・藤井《ふじい》の姿があった。

あすかと四ノ宮の帰社に気づき、パソコンから顔を上げる。

「お帰りなさい」

その表情を見た時から嫌な予感がしていた。藤井の顔には覇気がなかった。

「どうしたんです、こんな時間まで。今日はノー残業デー……」

「すみません、話したいことがあって」

「話？　……私に？」

わざわざノー残業デーに残ってまで。社員が退勤して、人がいないタイミングで。この状況だけでなんとなく、用件に想像がついてしまう。

藤井は言う。

「はい。ちょっと大事な話で……。遅い時間に申し訳ないんですけど、お時間いただけませんか」

「構いません。二階に上がりましょうか」

そう言いながらジャケットを自分のデスクの椅子に掛け、移動するように促した。その時四ノ宮は窺うような目で見てきたが、あすかはそれを目で制した。心配性な秘書はいつでも同席しようとするけど、一対一のほうがいい場面もたくさんある。


「突然、すみません」

話があると持ち掛けてきた藤井篤《あつし》は、若手のデザイナーだ。新卒で大手デザイン会社に就職したものの肌に合わなかったようで、第二新卒として就職活動をしているところをあすかが声をかけた。

おしゃべりな入間とは違い、寡黙で、どちらかというと岸田に似たタイプだ。黙々と手を動かして良い仕事をする職人タイプ。丁寧な仕事が社内でも好評だった。

「構いません。藤井は……紅茶派でしたっけ？　二人で話すのは久しぶりですね」

「ああ、構わないでください。聞いてほしいことはすぐに終わるんです」

「すぐに？」

尋ね返しながら、あすかは応接用のソファを勧めて藤井を座らせる。お茶もゆっくり飲めないなんて……もう心が決まっているということ？　表には出さないが緊張が走る。

ソファに座った藤井は膝の上でそれぞれ拳を握り、まっすぐにあすかを見つめてきた。少し幼さが抜けきらない、でも精悍な目つきで。背中に一本芯が通っているようにまっすぐ伸びた背筋。柔らかな茶髪は揺れない。

なんとなく、あすかには藤井の用件がわかっていた。それでも、〝そうじゃなければいいな〟と淡い期待を捨てられずに。

少し低めの声が広がる。

「ここを辞めようと思っています」

言われて、あすかは逡巡するように視線を一度テーブルに下げ、それからまたすぐに藤井の目を見た。

「……そう。転職？」

「はい。前ほど大きなところではありませんが……。WEBデザイン専門の会社に行くつもりです。もっとデザインの力を伸ばしていければと考えています」

「なるほど」

通販サイトのデザインだけでは、彼にとって領域が狭すぎるということなんだろう。なるべく自由に、やりたいようにデザインは任せていたつもりだけれど、それでも同一サイトであれば守らなければいけないトーンがある。

平静を装っているが、あすかの胸中ではいろんな感情が渦巻いていた。こんな風に考えている社員がいるんじゃないかと、ずっと恐れていたのだ。

社員がここを離れていってしまうことは、単純に寂しい。人材を失うことは会社にとっても痛手だ。――ただ、自分の大事な社員のステップアップを阻むようなこともしたくない。そんな考えで、あすかは出ていこうとする社員にかける言葉を決めていた。

その時がきたのだ。

「……もう、決めているんですよね？」

「はい」

藤井の迷いのない返事に、あすかは黙って髪をかき上げた。作業中はずっと一つにまとめている髪がぱさりと肩に広がる。揺れるピアス。思考を巡らせる時の仕草。

少しして、ゆっくりと口を開いた。

「わかりました」

「……え？」

二つ返事に、藤井は驚いた顔を見せる。簡単には辞めさせてもらえないと思っていたらしい。決定を曲げない決意をしてきたであろう表情が、意外そうに少し緩む。その顔にあすかは小さく笑いかけた。

「引き止めるのも野暮でしょう。……ちょっとでもノゼットが、あなたの基盤づくりに役立っていたら嬉しいです」

言いながら、自分を納得させていた。これはまだ会社を魅力的な場所にできていない、自分の不甲斐なさが招いた結果だということを。だから、無理に藤井に残ってほしいなんて言うべきではないことを。

自分が独立する時、神宮寺が快諾してくれたように。自分も理解ある社長として振舞って、快く彼を送り出すべきだ。そう信じて疑わなかった。

——しかし。次に藤井の口から出てきた言葉は、あすかの意表をついた。

「……すみませんボス、さっき言ったことは嘘です」

「え？」

嘘？

一体どれが、と考え出すより早く藤井は言葉を続ける。

「デザイン力を伸ばしていきたい……っていうのは、まあ嘘ではないんですけど……」

「うん……？」

「俺、この会社に必要ないでしょう？」

「…………は？」

「もっと成長したいなんていうのは建前で、ほんとはもう、ここに居るのがつらくて」

言った藤井は、ひどく苦々しい顔であすかから目をそらしていた。

「最近ボスは、新しい案件がくると岸田に一番に相談してましたよね」

「それはっ！」

たまたま彼女の得意分野だったからだと反論しようとしたけれど、藤井は聞く耳を持たない。

「いいんです。女性向けのデザインを考えたら、岸田のほうがいいＷＥＢデザインをするってことは俺もわかってます。……でもボスが岸田を褒めるたびに、俺は苦しいんです。すみませんガキで」

「藤井……」

あすかは心の中でうろたえた。こういう時、なんと言うのが正解なんだろう？　かけたい言葉はたくさんある。藤井の良いところを、自分はたくさん知っているはずなのに。それでもその良いところは、こんなタイミングになって打ち明けても全部嘘に聞こえてしまうような気がした。

「……必要です」

「……」

「藤井は、ウチに必要な人です」

絞り出せたのはそれがやっと。――でももう遅い。

「でもボス、言ったじゃないですか」

「……藤井……？」

藤井はくしゃっと、泣きそうに笑う。

「〝わかった〟って。〝引き止めるのも野暮でしょう〟って。……もう踏ん切りがつきました」

「っ」

理解者ぶろうとしてた自分の言葉が、藤井に要らない決意をさせた。そのことに気づいて、もどかしさと後悔で歯を食いしばった。形のいい唇が歪む。

「藤井っ……」

「お世話になりました。皇さん」

彼はもう、あすかのことを〝ボス〟とは呼ばなかった。

話を終えて、藤井は一階の作業スペースへと戻り、すぐ退勤した。彼はこれから引き継ぎをして一か月後にはここを去る。それはもう、あすかにはどうしようもない決定事項だった。

「……あー、もうっ……」

一人残された社長室で、あすかは両手で自分の顔を覆い天井を仰ぐ。——天罰を受けたみたいだ。とりたてて悪いことをしたつもりはないのだけれど、何か、自分でも知らないうちに誰かを傷つけ、それに気づけないまま過ごしてしまった罰。

自分の会社を手にして、社員が増えていった。大切なものが増えてきた。それはとっても嬉しいことなのに。

藤井の一件のように、本音をうまく伝えきれずに、最終的に自分の手の中には何も残らないのではないか。最近あすかは、そんな不安にさいなまれている。

「……情けない」

こんなことなら、四ノ宮に同席してもらえば良かった。そしたらあんな失言はせずに済んだのかもしれない。そんな風に考えてしまう自分のことを、あすかは心底情けなく思った。


あすかが一階に下りると、四ノ宮はまだそこにいた。今さっきまでの出来事をまだ消化しきれていないあすかは、居心地悪く口を曲げる。

すると四ノ宮はそんな心情を察したのか、藤井との会話について触れることなく、声をかけてきた。

「もう今日は寝たらどうです」

疲れたでしょう、と言って、自分はパソコンで作業を続ける。

あすかは自分の席に向かいながら、四ノ宮に伝えた。

「……汗をかいたのでシャワーを浴びてきます」

「ええ、どうぞ。そのまま休んでください」

「あなたは十五分後に」

「え」

「上がってきてください」

「……何か用が？」

探るような四ノ宮の目に、あすかは意味ありげに笑い返した。

「はい、用事です」

あすかは二階の自分の部屋に行くと、宣言通りにシャワーを浴びた。汗を洗い流し、頭のてっぺんから順に洗っていく。長く伸びた髪にはトリートメントをしっかり染み込ませ、体は摩擦に気をつけてタオルで優しく。そうしてピカピカに磨き上げていれば、十五分で済むはずがない。それもわかっていた。けれど四ノ宮は時間を守る男だから、言われた十五分きっかりで部屋にやってくるだろう。

実際、あすかが髪を濡らしたままTシャツとジーンズ姿で脱衣所を出ると、四ノ宮はソファに座ってノートパソコンを触りながら待っていた。

「ごめんなさい、遅くなりました」

そう言って声をかけて、彼が腰掛けるソファの隣に座る。四ノ宮は、口には出さなかったけれど不思議そうに横目であすかを見て、質問してきた。

「用というのは？」

「これです」

あすかは水の滴る髪をガサガサと拭きながら四ノ宮にドライヤーを突き出した。

「……乾かせと？」

「今日はもう疲れたから、頼みます」

「なんだか今日、わがままですね」

だめです、と言われるかと思った。それならそれでいいやくらいに思っていたら、四ノ宮はドライヤーを受け取って、すぐそばにあった延長コードにコンセントを刺し、あすかのほうに体を向ける。

ブォーと緩い温風が吹き出す音がして、大きな手がそっと髪に触れてきた。

この大きな手に触れられている時だけは、どんな嫌なことも忘れられる。社員が離れていく不安も、うまく言葉をかけられなかった後悔も。ほんとは忘れちゃいけないんだろうけど今だけ……。あすかは自分の心を守ることにした。

髪を乾かしている時は、何かをしゃべったとしてドライヤーの音で何も聞こえない。だから四ノ宮は黙って慣れた手つきで髪を乾かすし、あすかも黙ってされるがままでいる。それをいいことにあすかは、少しだけ後ろの四ノ宮に寄りかかった。

「ボス。乾かしにくい」

ドライヤー中は聞こえないのだ。そっぽを向いてそのままでいる。風呂上りの上気した素肌が少しでも彼に接するように。触れたくなるように。ひっそりとそう願っても、四ノ宮の手元は狂わないし、四ノ宮から触れてくることはない。

「……意気地なし」

「なに？　いま何か言いましたか？」

小さな独り言が彼に届くはずもない。

ドライヤー中は、聞こえないのだ。

八章　甘い命令と嘘

あすかと四ノ宮は、合計すると三回寝たことになる。

最初は、媚薬を飲んでしまった四ノ宮に体を求められて。二回目は、最初の行為を覚えていないという四ノ宮に詰め寄ると、逆にキスマークを見咎められてお仕置きをされる形で。三回目は、それでもやっぱり何も覚えていないという四ノ宮に、あすかのほうから跨った。

それからは体を重ねていない。車の中であすかからキスはしたけれど、それもはぐらかしたままだ。お風呂上りに少し甘えてみても、四ノ宮から手を出してくることはなかった。

「……」

あすかは撮影スタジオの隅に置いたパイプ椅子に座って脚を組み、自分の脚の上に頬杖をついて、むすっとした顔で考え込んでいた。四ノ宮がいれば一発で「骨盤が！」と叱られてやめさせられるポーズだ。

イライラしている。三度も体を重ねておいて、まったくそれを思い出す気配のない四ノ宮に。散々体を重ねておきながら、一瞬のキスや髪を乾かしてもらうという触れ合いだけで〝こういうのも悪くないかも〟なんて思ってしまった自分に。少し恋愛に現《うつつ》を抜かしすぎている自分に。

イライラするのは、だいたいが自分自身に対してだった。これは自己嫌悪だ。

「ボースっ！」

いつもの明るいトーンで名前を呼ばれてぱっと頬杖をやめる。声のほうを向くと、本人の顔ほどあるカメラを片手で持った入間が歩み寄ってきていた。

「入間」

「ボスっ、今の不機嫌な顔もう一回！　張り詰めた顔も美しいですよー」

そう言ってシャッターを切る。それに苦笑しながらあすかは言った。

「ごめんなさい、ぼーっとしてて」

「ほんとですよ！　ボスが撮影見たいって言ったのに！」

「ごめんって」

ぷりぷりと怒って見せる入間に詫びながら、あすかは撮影セットのほうに目を向ける。

「今はモデルさんの休憩中です」

「ええ」

「撮影中でも、何か意見があれば言ってくださいね」

「いえ、ありません。入間の見立てに口出しできるところは、一生懸命探してもなかなか」

「またまたぁーっ」

そう言って茶化しながら入間はちゃっかり「ちょっとそこの背景の前立ちません？」と鼻息荒く訊いてくるので、あすかは「いやいや」と首を振って断った。

ノゼットのサイトに載っている商品の写真は、ほとんど入間が撮影をしている。起業前、MCファクトリーで取り扱う商品の企画をしていた時から、あすかは見せ方がすべてだということを実感していた。どれだけ優れた商品であっても、照明一つ、角度一つで魅力が半減してしまう。

入間の撮る写真で、ノゼットのサイトは完成される。彼女が撮るようになってからサイトはぐっと格調高くなった。掲載する写真に引っ張られる形でサイトデザインも洗練されて、ＷＥＢページをスクロールするだけでファッションショーを見ているような気持ちになれる。けれど実際の値段を見てみれば決して手が届かない金額ではなく、すごく素敵だけど自分が持ってもいいものかもしれないと、親しみを感じさせてくれるデザイン。あすかは今のノゼットが好きだ。

これまでずっと商品だけで撮ることがほとんどで、追加したとしても小物を付け足す程度。あとは空間の雰囲気を一緒に収めるくらいだった。

そこに「モデルを追加したい」と入間が言い始めた。モデルを起用すれば、一日拘束する撮影料もかかるし掲載期間の契約料もかかってくる。ノゼットの経済事情を思えば後回しにしたいのが本音だったが、入間が「一回だけ、一人だけ起用して結果を見てみてください」となかなか引き下がらなかったので、あすかはその一回の試用を許すことにした。

そういう経緯があって、今日の撮影に立ち会っている。けれど、撮影が始まって早々に、入間の考えが正しいことは明白だと思った。

目前にカメラの液晶が提示される。入間がボタンを押すのに合わせて〝ぱっ、ぱっ〟と写真が切り替わる。

「〝気高さ〟っていうのは、やっぱり人の気持ちから滲み出るものだと思うんですよねぇ。モデルさんも、見映えが良い人を選んだのは確かですけど、普段からうちのサイトを利用してくれている人を選んだんです。〝ああこの人、身につけてるものと一緒に生きてるんだなー〟って感じするでしょ？」

「うん……」

写真で見せられると、より納得させられた。凛とした女性を自立させているパンプス。指先まで意識を通わせるための指輪。本当に必要なものだけをコンパクトに携えるクラッチバッグ。装飾品だけど無駄なものは一つもない。身一つでも生きていける自分を見せたい気分を、人物を一緒に写すことで上手に表現している。そして表現がうまくいけば、それはそのまま売り上げに直結する。

入間がウチにきてくれて良かったなぁと思う一方で、あすかはどうしても気になってしまった。

「入間は、人物を撮るのが好き？」

「え？　……まあ、好きか嫌いかと訊かれれば好きです。特にボスを撮るのは大好きです」

「いや、うん……」

そうじゃなくてね、と言いよどむ。思っていることがなんだかうまく言葉にならない。今の仕事は楽しい？　なんて、直接訊くほどの勇気もなくて。

そんなあすかの空気を察したように、入間はカラッと笑って言った。

「ボス、大丈夫」

「うん……？」

「大丈夫だから。私は他にやりたいことができたら我慢せずに出ていきます。これで結構、薄情なんです」

「……入間」

「だからここにいる限りは、楽しいんだなって思ってていただいて大丈夫ですよ」

〝あともうちょっと頻繁にボスを撮らせてくれたら在籍期間延びるかも！〟なんておどけて言って、入間は戻ってきたモデルに声をかけられ撮影に戻っていった。

スタジオの隅に取り残されたあすかは面食らってその場に固まったまま、思った。

（そっか。楽しいんだ……）

安心して肩の力が抜ける。――その一方で、いついなくなるとも知れない状態がひどく憂鬱でもあった。藤井の一件があって、あすかは社員が離れていくことに対してトラウマになっている。

けれど自分が不安な顔をしていては、社員に不安が移ってしまうだろう。そう考えたあすかは不安を飲み込み、一旦、忘れることにした。

――あすかが頻繁に雑誌の誌面を飾るようになり、交流と称したパーティーにも週一のペースで呼ばれるようになったある日。この日もあすかは取材の予定が立て込んでいた。コンサルティング業務の受注が増え、サイトの顧客数も増えたことで事務所は今日も騒がしい。〝フレックス制だから〟と午前中はほとんど人がいなかったのが嘘みたいだ。ほとんどの社員が既に出社していて、打ち合わせや仕事の電話で声が溢れている。

（……楽しそう）

今日一日の予定をこなすことを頭で考えながら、目に映るその光景に満足していた。今のノゼットは活気に満ちている。

自分のスケジュールは大変なことになっているけれど、この光景を見れば無駄ではないと思える。疲労の溜まった体に鞭打ち、眠たい目をこすっていると、横から四ノ宮に声をかけられた。

「ボス、今日の予定の確認ですが」

「はい、お願いします」

「午前中は都内のホテルで女性ビジネス誌のインタビューです。午後一はＷＥＢマーケティング誌の企画対談。それから、少し遅めの昼食になりますが名智社長との会食です。サテライトサイト制作の相談をしたいと」

「はい」

「午後も一般紙の記者からの取材……なんですが」

「……どうかしましたか？」

四ノ宮が言いよどんだので、不思議に思ったあすかはスケジュール表から視線を上げて問いかける。すると四ノ宮は、珍しく言いにくそうな様子で言葉を紡いだ。

「……自分が取材を受けるように勧めておいて、なんですが……。本当にすべてお受けになるんですか？」

「まあ……そうですね。可能な限りは」

「さすがに負担が大きいかと。取材もすべて外で受けるものなので外出ばかりになりますし」

「気を回して断らないでください。注目されているうちが華ですし、名前を売るチャンスは逃したくありません」

「……そうですか」

四ノ宮が渋々承服しようとした時。

横から鋭い声が飛んでくる。

「はっきり言ってやったらどうなんですか、四ノ宮さん」

「……熊木さん？」

そこに立っていたのは、経理の熊木千春だった。

あすかよりもずっと背が低い彼女は両腕を組んで、横柄な態度で言う。

「前から思ってましたけど、みんな皇さんに甘すぎです。誰かがガツンと言わなきゃ、この平和ボケしたお嬢さんはなんにも学習しないでしょう」

「な、なに……？」

自分を揶揄したらしい〝平和ボケしたお嬢さん〟という言葉に呆気に取られ、あすかは傷つくよりも先にぽかんとしてしまった。その場に居合わせた数名の社員は突然の修羅場にざわめき、四ノ宮も、困った顔で「熊木さん」と彼女の言葉をたしなめている。

「皇さん」

「……はい」

もう一度名前を呼ばれて、あすかは緊張で背筋を伸ばす。熊木があすかを良く思っていないことは知っていた。元は銀行に勤めていた彼女。その能力を持て余しているところを口説き落としてきたのは四ノ宮だ。彼女は何も、あすかと一緒に働きたいと思ってここに来てくれたわけじゃない。

わかっているけれど、〝皇さん〟と呼ばれると嫌な汗が流れる。きっと、藤井のことがあるからだ。ノゼットを去ってしまった彼は最後、それまで〝ボス〟と呼んでいたあすかのことを〝皇さん〟と呼んだ。そこにはもう二度と埋められない深い溝が見えた。

「あなたここ最近、社内のことを四ノ宮さんに任せすぎです」

「え？」

「今日もそうみたいですけど、一日中取材と会食で予定がいっぱいなんですってね？　華々しくって素敵。おかげさまで仕事がバンバン入って、今期はかつてないぐらいの売上げを記録するでしょうね。ボス様様だわ」

「熊木さん……？」

良いことじゃないか。どうしてそれを、そんなに刺々しい言い方をするのか。

その答えも、熊木の厳しい声が教えてくれた。

「じゃあその間、今まであなたがしていたはずの仕事や新しく増えた仕事は、誰がしているのかしら？」

そう言われて、吸い寄せられるように四ノ宮のほうを見た。彼はぱっと目をそらし、それからバツが悪そうにあすかと視線を合わせる。――当たり前だ。自分の仕事の皺寄せは、唯一自分に等しい権限を与えている四ノ宮にいくに決まっている。わかりきったことだった。

たとえ自分のしていることが、結果的に会社の利益に結びついているとしても。ただ華やかな話に浮かれて、仕事をサボっていると思われていたのなら意味がない。社員からの見え方は最悪だった。

「それだけじゃないわ」

言葉を続けた熊木のほうを見る。冷たいまなざしは、決してあすかのことを好いてはいない。だけどただの意地悪で言っているのではないことは、あすかにもわかる。

「皇さんあなた、ちゃんと社員のことが見えてる?」

彼女がそう口にした瞬間、事務所に緊張が走ったのがわかった。あすかは恐る恐る、事務所にいる面々の顔を見渡す。自分のデスクでパソコン作業をしていた人。共有テーブルの前で立ったまま打ち合わせをしていた人。出先から事務所に戻ってきたばかりの人。

誰もが先ほどの四ノ宮と同じように、バツが悪そうに口を結んであすかを見ている。表情の読みにくい岸田も眉をしかめ、いつも明るい入間も困ったように笑い――そして、一番若い嶋が口を開いた。

「俺、は」

みんなで色校を確認していたのか、共有テーブルの前に立っていた嶋。彼が体の真横に押さえつけている両手の拳は、心なしか震えていた。

何を言われるんだろう……。緊張するあすかに、ほとんど予想通りの言葉が投げかけられる。

「俺は……最近のボスはきらびやかな世界に夢中で、仕事にがつがつしてなくて。……あんまり好きじゃありません」

息をするのを忘れるほどの衝撃があすかの中を走る。ショックを受けているんだと、胸の痛さで自覚する。うずくまりたいほど痛い。

嶋のその言葉を、誰も否定しなかった。その場に流れる微妙な空気で、みんなが同じように思っていたことに、初めて気づく。

（――何か言わなきゃ）

社員から異を唱えられているのだ。あすかは社長として、社員が納得する回答をしなければならない。理解していても、頭の中は真っ白で。

開いた口から言葉を吐き出せずにいると、隣で四ノ宮の低い声が響いた。

「撤回しなさい。嶋」

その声は少し怒っている気がした。

あすかは慌てて四ノ宮を止める。

「四ノ宮さん、待っ……」

「勝手なことを言うな。ボスが、どれだけ会社のことを考えているかも知らないで……」

「四ノ宮さん……！」

珍しく、本気で腹を立てている。下のほうでぎゅっと握っている拳は力を込めすぎて白くなり、表情もキツい。このまま好きに話させてはまずいと、あすかは四ノ宮の腕を摑む。

けれど構わず、彼は話し続けた。

「きみもだ、熊木さん」

ギロッ、と睨みつけた目の鋭さに、熊木だけでなく、あすかまでも委縮する。つい、制止の手を離してしまった。四ノ宮の勢いは止まらない。

「言いたいことがあっても言葉は選びなさい。無駄に攻撃的な言い方をして、子どもじゃないんですよ。〝ちゃんと社員のことが見えてる？〟なんて……それならあなたは、ちゃんとボスのことが見えているんですか？」

「……また、そうやって肩を持つんですね」

熊木は泣きそうな顔で四ノ宮を睨んだ。この状況はよくない。自分への不満が四ノ宮にまで飛び火して、このままではバラバラになってしまう。

取り返しのつかない方向に加速している気がして、あすかはうろたえつつも言葉を絞りだした。

「もうやめてください。二人とも……」

自分がこの場をなんとかしなくちゃいけない。四ノ宮が冷静でない時こそ、自分だけはちゃんと状況を見て、うまく場を収めなければ。

焦るほどに月並みな言葉しか出てこない。

「落ち着いて、ちゃんと話を――」

「仲良しごっこがしたいなら、勝手にやっててください」

最後まで涙を我慢していた熊木は、そう吐き捨てて外に出ていってしまう。

「熊木さんっ……」

あすかが追いかけようと足を踏み出した時、その肩を四ノ宮が摑んだ。少し、後悔している声が響く。

「……すみません、ボス。僕もちょっと頭を冷やしてきます」

そう言って、四ノ宮まで部屋を出ていってしまう。あすかは残された社員が気まずそうに見守る中、取り残されてしまった。

一瞬だけ立ち尽くして、あすかはすぐ笑って、不安そうな顔を向けてくる社員たちに言った。

「見苦しいところを見せてごめんなさい。仕事に戻ってください」

様子を見守っていた社員たちが、〝ボスがそう言うなら……〟とゆっくり各自の持ち場に戻っていく。釈然としない空気に包まれるオフィス。あすかだって少しも腑に落ちていない。

稼働しはじめたオフィスの中で俯き、考える。

（……どうするのが正解だったんだろう）

やってしまった、と思うのに。あすかは自分がどうするべきだったのか、答えが見つけられず目の前が暗くなった。

その後オフィスに戻ってきた熊木と四ノ宮とも、交わす言葉が見当たらなかった。

この一件を境に、あすかは予定の組み方を変えた。自分なりに考えた末に、取材自体は減らすべきではないと判断したからだ。メディアに露出すればするほど、新しい仕事が舞い込んでくる。これ自体は大きなメリットだから、削ることはしたくない。

問題は社員への見え方と、作業時間が減ることで他の人間に皺寄せがいってしまうことだった。だからあすかは、交流会への参加は最低限に絞り、取材を受けるようになる以前の業務量を自分でこなすことにした。

「〝皺寄せ〟という言い方を熊木さんがしたから、気にされているのかもしれませんが」

「ん……？」

夜の十時過ぎ。オフィスにはまだ数人の社員が残って仕事をしている。

パソコンに向かって作業をするあすかに、四ノ宮は声をひそめて申し訳なさそうに話しかけてきた。

「全部自分で捌く必要なんてありません。あなたのスケジュールを管理するのが僕の仕事なんですから、作業を引き取るのも仕事のうちなんです」

「わかっていますよ？」

「だから、もう少し頼って……」

「ええ、ありがとう四ノ宮さん」

言葉だけで返事をして、キーボードを叩き続けた。

言ってから〝今の態度は冷たかったかも〟と気づき、四ノ宮に向き直る。眼鏡の奥で、心配そうな目がじっとあすかを見ていた。

なんて顔をするの、と、苦笑して言う。

「今はちゃんと、社長としての姿勢を見せなきゃいけない時だと思うんです」

「ですが……」

「今は頑張らせて。お願い、四ノ宮さん」

あすかがそう言うと四ノ宮は困った顔をして、それから、納得したように小さく頷いた。

『最近のボスはきらびやかな世界に夢中で、仕事にがつがつしてなくて。……あんまり好きじゃありません』


その言葉が何よりあすかに刺さったのは、それが嶋の言葉だったからだ。就活生だった嶋は『社長と一緒に働きたいです！』と他の内定を蹴り、新卒でここに来ることを決めてきてくれた。そういう相手に失望されるのは一番つらい。

レギュラー業務を前と同じだけこなして、それでいながらあすかは取材の話もなるべく受けるようにした。外出で丸一日オフィスにいないという状況だけは避けるようにして、発行部数の多い経済誌や話題に上りやすい新聞の特集枠の取材を中心に、露出の機会を逃さないようにした。

日常の仕事も、取材の話も、どちらもおざなりにはできない。そう思ったあすかは両立させようと、今度は自分を酷使することにした。それは、あすかの心と体を確実に疲弊させていった。

そんな日々が続いて、三週間。

溜まっていた決裁書類を処理して、クライアントへのメールをすべて返し終えた深夜十二時前。あすかは四ノ宮に「ごめん、先に休む」と声をかけて自分の部屋に上がろうとした。

「ボス」

「はい……？」

眠たすぎてつい目をこすると、「メイクが目に入るから」と注意される。早く寝かせてくれと思いながら、あすかは四ノ宮の言葉を待った。

「最近また、無理をしていますね」

そんなこと社員の前で……と注意しようとしたが、気づけば事務所には自分と四ノ宮しか残っていなかった。いつかドライヤーをしてもらった夜以来かもしれないと思いながら、それがもう遥か昔の出来事のような気がして、ぼーっと思いを馳せる。

「無理はしてません。それにお互い様でしょう？」

「僕も無理はしていません」

「嘘。こんな時間まで残って何を言ってるんです。……明日できることは明日にして、早く休んでください」

「はい」

その返事を確かに聞いて、眠気がピークに達していたあすかはふらふらと、今度こそ自分の部屋へ。

化粧を落とさなければ、と思って洗面所へ行った。クレンジングオイルでメイクを落とし、洗い流そうとお湯を出して顔をすすぐと、寝ぼけていたせいか髪も服もびしょびしょにしてしまった。

さすがにこれで眠るのはちょっと……と思ったあすかは、眠気を押して入浴することにした。どうせお風呂に入るのだ。体のあちこちが凝っていてしんどいから、たまにはゆっくりお湯に浸かることに決めた。

（四ノ宮さんにも、シャワーだけじゃなくて入浴が大事だと言われていたしな……）

寝ぼけた頭でそんなことを思い出し、髪と体を洗い終えたあすかはゆっくりと湯船に浸かった。――それがいけなかった。

ぶくぶくと鼻の下まで湯に浸かっているうちに、何を考えていたのかも忘れてしまって、ついうとうととしてしまったあすかは。

「……」

その場でふっと意識を失ってしまった。


ボス、と遠くから名前を呼ばれているような気がする。

（……なに？）

もがくようにして辺りを見回すけれど声の主はどこにも見えない。誰かが自分を呼んでいることは確かなのに、その声が男のものなのか女のものなのか、高いのか低いのかも、なぜかよくわからなかった。

独立してからは〝ボス〟と呼ばれることが普通になった。下の名前で呼ぶ人はほんの一握りだ。

大学を卒業してから疎遠になってしまった両親。長女であるあすかには良い縁を見つけて早く家庭を持ってほしいと考えていたようだけど、仕事に突っ走る娘を見て早々に諦め、放任することにしたらしい。最後に名前を呼ばれたのは、もういつだったか思い出せないけれど。その声は呆れていたような気がする。

それから、前の会社の上司である神宮寺。あすかが独立する時から何かと良くしてくれていた彼は、なんの違和感もなく元部下であるあすかのことを名前で呼ぶ。彼もなかなかな放任主義だったけれど、あすかには〝見守られている〟という実感があった。ノゼットの社長になったあすかに仕事の話を持ってきて、たまに進言もしてくれる。辞めた人間に構ってなんのメリットがあるんだろう。不思議に思うけれど、感謝してもし足りない。口では迷惑そうに言っても、あすかは神宮寺のことを尊敬していた。

〝あすか〟と呼ぶのは本当に一握り。社員はみんな〝ボス〟と呼ぶ。〝社長〟はどうにも面映ゆいと文句を言ったら、四ノ宮が呼び始めた〝ボス〟という役職。もしかしたら社長よりもちょっと恥ずかしい……？　なんて思っていたけれど、後から入った社員がみんな真似をしてボスと呼ぶから、それが普通になってしまった。

〝ボス〟と呼ばれる時には、そこに信頼があると思っている。ノゼットのトップとして認められている。そのポジションにいてもいいと許されている。〝ボス〟という呼び名は、その象徴だと思う。

……だから、〝皇さん〟と呼ばれてしまう時は、やっぱり――。

「――――あすかッ!!」

「っ⁉」

突然、鼓膜が破れるかと思うほど大きな声で自分の名前を呼ばれた。同時にザブンと音をたてて湯船の中から体を引っ張り出される。当然のことながら浴室の中では裸だ。だから浴室の中、Yシャツをびしょびしょに濡らして血相を変えている四ノ宮がいるのはとても不思議な光景だった。

「……四ノ宮さん？」

けほ、と咳をして。あすかは息のしにくさから、自分が少しお湯を飲んでしまったことに気づく。そして段々、事態を呑み込んでいく。どうやらここで眠ってしまったらしい。

あすかを湯船から抱き上げた四ノ宮は、自分のシャツやズボンが濡れてしまうことなど少しも構わずにあすかの体を横抱きにした。浴室の中から運び出そうとしているようだ。意識がはっきりしていく中で、湧いてきたのは羞恥心だった。

「しっ……四ノ宮さん！　ちょっと待って！　私っ……裸っ……！」

バスタオルすら纏わせてもらえずお姫様だっこで浴室の外へ運び出される。逞しい腕に軽々しく持ち上げられてしまったことも恥ずかしい。意外と厚い胸板に頬を寄せることになってしまって、気恥ずかしさで顔を赤く染める。

さっき一度大声で名前を呼んだきり四ノ宮は無口で、あすかにとっては怖いくらいの速さでずんずんと部屋を進んだ。

「ちょっ、と！　速いです！　危ないからっ……」

ゆっくり！　もしくは止まって！　と懇願するあすかの声なんてまったく耳に入らないみたいに、四ノ宮は足を止めなかった。落とされないようにしがみつくしかない。

そしてようやく足を止めたと思ったら、彼は乱暴にあすかをベッドの上に落とした。ぽいっと投げられたあすかの裸体はベッドのスプリングで一度跳ね上がり、しっかりと腰をぶつけてしまう。

「いった！　っ、四ノ宮さん……！」

今までにない手荒な扱いに、恐る恐るその表情を確認する。見下ろしてくる彼は、口をきつく結んであすかのことを睨んでいる。その目は、もしかすると今にも泣き出すかもしれなかった。初めて見る表情に、あすかは内心ひどく動揺し、おずおずと口を開く。

「し、四ノみ――」

「馬鹿か‼」

「っ」

また大きな声を出されて、びくりと体を震わせる。裸なことが気になって、布団を自分のほうへたぐり寄せたものの。割れんばかりの大声に、それ以上指一本動かせなくなった。

〝馬鹿か〟

そう言った彼は、今まで見た中で間違いなく一番、怒っていた。嶋や熊木を叱責した時より、もっとずっと怒っていた。その理由もわかっている。

「……あ、の」

「一人だったら死んでたぞ!」

「ご……ごめん。本当に……悪かったです」

あすかはたぐり寄せた布団の中、三角座りでうずくまりながら四ノ宮に謝った。反省していた。四ノ宮は怒っている。血相を変えて、いつもきちんと着込んでいるシャツもズボンもびしょびしょに濡らして、眼鏡も濡らして。本当に――怒っている。

心配をかけたことへの申し訳なさと、心の底から怒られてほんのちょっと怖い気持ちで。あすかは泣きそうなのを我慢しながら、体を小さくしてひたすら謝った。

しばらくすると四ノ宮は「はぁっ……」と深い深いため息をついて、それからあすかの体全体を掛布団で覆った。

「大声を出してすみません」

布団越しにぎゅっと強く抱きしめられる。彼がもう怒っていないとわかったのに、余計に涙が出そうになる。

「……本当に、心臓が止まるかと思った」

「……ごめんなさい」

「無事で良かった……。ほんとに、一人の時じゃなくて良かった」

うん、うんと頷いて、嗚咽《おえつ》を漏らしそうになっていることをごまかした。そんなのは格好悪すぎるから。

抱きしめてくれる四ノ宮の首筋に頬を当ててると温かく、生きていると実感できた。同時に、この存在のかけがえのなさを思い知る。

（……そうだ）

心の底から心配してくれる四ノ宮が、最初からそばにいた。最初は二人だけだった。自分とはタイプの違う人間だけど、絶対に自分を裏切らない存在。決して自分から離れていかず、道しるべとなる存在。

彼が言ったように、本当に一人じゃなくて良かったなぁと思う一方で、今、あすかの中にはせき止められない気持ちがある。

「……四ノ宮さん」

裸で布団にくるまるあすかの上に降ってくる、優しくてまぁるい声。圧倒的に自分の味方だと確信できるその声に、ついあすかは。ぽろっと、絶対に言うまいと思っていた言葉を口にしてしまう。

「ん……?」

「もう嫌……」

「……ボス?」

「もう……もう、嫌。四ノ宮さんだけでいい」

「……どうしたんです? 何が……」

四ノ宮は少し動揺した声で、抱きしめているあすかの表情を覗き込もうとした。あすかはそうはさせまいとぎゅっと彼を抱き返して、くぐもった声で続ける。顔を押し付けたYシャツの首元は濡れて、肌に張り付いていた。

「藤井がいなくなって……。この先もみんな、どんどん辞めていって、もしかしたら最後には誰も残らないのかもしれない。入間も、岸田も。嶋も熊木も——みんな、この会社を離れていってしまったら」

「……ボス」

「みんな、いなくなっちゃったら。私はなんのために——」

「ボス」

「怖いんです」

自分を呼ぶ声を遮って、あすかは本音を吐露する。泣いていることはきっと声でバレていた。

「このまま、社員を失っていくのが怖くてたまらないままなら、私はっ……」

四ノ宮のシャツを摑むあすかの手に、きゅっと力がこもる。

「もう、四ノ宮さんだけでいい」

ここのところ胸の中に渦巻いていた鬱憤をあすかがすべて吐き出すと、二人の間にはしばらく沈黙が流れた。二人ともずっと濡れたままで、掛布団を挟んで抱き合っている。お互いに何も言わず、あすかが放った言葉たちがその場の空気に溶け込んでいくのをじっと待つ。

少しして、四ノ宮が口を開いた。

「……僕だけ、ですか」

噛みしめるように繰り返す。

「僕だけいればいいと、あなたは本当にそう思いますか」

「……はい」

返事をして、こく、と彼の首元で頷く。頭上から小さな呼吸が聞こえる。一瞬後にきっぱりとした声が広がった。

「嘘ですね」

「……」

「嬉しいけど、ボス。……それは嘘です」

四ノ宮の声は優しかった。だからあすかは「嘘じゃない」と否定することもできなかった。それになんとなく、わかっていたのだ。四ノ宮だけでいいと自分が言ったって、彼がそれを受け入れはしないだろうと。

Yシャツを摑んでいた手からゆっくりと力を抜く。涙の跡だけ気にしながらそっと上を向くと、いつもの落ち着いた表情で自分を導く秘書の顔があった。社長としてのあすかがブレないように叱ってくれる人。だけど特別な男。触れてほしいと願う人。

「……四ノ宮さん」

「はい」

「お願いがあります」

「なんなりと」

もうこれ以上、「怖い」とか「四ノ宮だけでいい」といったことを言うつもりはない。

「抱いてください」

彼は虚をつかれたように目をぱちぱちとさせた。〝なんなりと〟と言ったくせに、「えーと……」と言って、見るからに困り始めた四ノ宮。逃げられないようにもう一度言う。

「お願いします」

「いや……でも」

「……違うか。こうじゃないですね」

こうじゃない。あすかは咳払いをして、シーツをドレスのように纏いなおし、座っているその場で背筋を伸ばした。胸を張る。そうすると自然と目線の高さが四ノ宮よりも高くなる。

「私を抱きなさい」

指示を出す社長と承服する秘書というスタンスが、自分たちの原点だった。

もう決定しているあすかの指示に、彼は逆らえないのだ。……なんてパワハラなんだ、と思わないわけではないけれど。

布団だけを間に挟んで、二人は至近距離で見つめ合う。

「……僕でいいの？　その役は」

「四ノ宮さん以外を選んでいいんですか？」

「だめだ」

きっぱりと言うから、場違いにも笑ってしまいそうになってあすかは言った。

「……うん、私も。あなたがいい」

「……すごい殺し文句だな」

「四ノ宮さん」

「ん」

「優しくしなさい」

その命令——口調こそ命令だったけれど、その〝お願い〟を皮切りに、二人は唇を重ねた。

「ん……んンッ」

ベッドの上に座っていたあすかに四ノ宮はゆっくりと覆いかぶさり、両手で掴んだ肩を、重力に従うようにそっと押し倒す。あすかはすべて四ノ宮に委ね、熱い吐息をこぼす湿った唇の感触を味わっていた。

「っ、はぁっ……」

深く口づけを交わして鼻呼吸が間に合わないほどお互いの口内を貪ると、四ノ宮はあすかに息継ぎをさせるために唇を離した。唾液の糸がお互いの口の間を伝う。あすかの目に映る四ノ宮はもどかしそうに目を細めていた。その表情に胸を絞られる。

「……ボス？」

その顔がもっと見たくて、片手で自分の体を覆う布団を掴んだまま、もう片方の手で四ノ宮の眼鏡を慎重に取り払った。

「眼鏡、邪魔だなと思って」

「うん……っ」

それだけの言葉にも煽られるようにして、四ノ宮はまた食べるようにあすかの唇を奪う。最初は恐る恐る伸ばされていた舌が段々大胆になり、今はあすかの頭を掻き抱くようにして激しく口の中を蹂躙する。

手の中の眼鏡は奪われ、四ノ宮の手でベッドサイドテーブルへ。自由になった両手であすかは、自分の体を覆い隠すために掛布団の端っこをぎゅっと摑んでいた。その手を優しくほどかれて、ゆっくりと布を取り払われる。キスのせいでぼーっとして、体を隠すことも忘れて。四ノ宮の視線がじっと体を這うのを感じながら、彼を見つめていた。

「……四ノ宮さん。見過ぎです」

「ああ、うん……綺麗だなと思って」

そんなこと改めて言わないでほしい。初めて見るわけでもあるまいし。

四ノ宮はあすかを見下ろしながら、それさえも憚られるというように、申し訳なさそうな顔で自分のYシャツのボタンをはずしていく。

恐縮しつつも今は欲に従おうとする姿が、とても官能的だと思った。

彼は先ほどまでの激しさとは打って変わって慈しむようなキスを落とし、あすかの体をまさぐる。

「あっ……あっ、んんっ」

肩を撫で回し、それにも感じたあすかが首を竦めると四ノ宮の手は胸へと移った。形を確かめるようにその手のひらと五本の指で乳房を揉みしだきながら、時折尖端をきゅっとつねってはあすかに声を上げさせ、喘ぐ姿を愛おしそうに見つめる。

それに満足すると今度は腹へ。細い腰を抱くと臍の周辺にたくさんのキスを降らせ、またあすかをくすぐったがらせた。そして何度か尻を撫で、膝裏に手を滑らせると、四ノ宮はじらすのもほどほどにして核心に触れる。

「んあッ……！」

長い時間愛撫を受けていたわけではない。それでも、激しいキスと、上から順に愛されていった結果、あすかのそこは充分に濡れそぼっていた。止めどなく溢れる蜜で入り口を濡らし、もう準備ができていることを伝えている……にもかかわらず、四ノ宮はわざわざ口にするのだ。

「指、挿れますよ」

「は、あっ……」

宣言通りあすかのナカに侵入した四ノ宮の細長い指は、内壁のザラつく部分を撫でる。自分のナカに感じることで、彼の指の長さを思い知る。そこまで届いてしまうのか、と怖くなる。

「あっ、あっ……」

「すごい、熱い……うねってる」

ゆっくり気持ちよくさせられていく感じに、あすかの腰はすぐにヒクヒクと動き始めた。

「あっ……あぁーっ……」

「ん、あすか……ここ？」

「ひッ」

見つけられてしまった。

中指でくすぐるように触れられると、明らかにその一点だけ反応が違う場所。それを四ノ宮は、こちょこちょと探るように撫でた。あすかの声が裏返る。

「あッ！　だめっ、だめ……それっ、きもちいっ……！」

「っ、そんなかわいい声出されると……」

「あぁん……！」

指を付け根までしっかり挿入されて、ナカをぐずぐずに溶かされて。あすかは四ノ宮の中指に乱されながら、恍惚とした顔で自分を見つめてくる彼の顔を見ていた。四ノ宮はぱちゅぱちゅと音が鳴るほど指を懸命に動かしながら、じっとあすかの顔を見ている。

「しのっ……みや、さ……」

「だめだ、あすか……。そんな感じてる顔見せられると、もう……」

「……出そう、ですか？」

尋ねて、膝でぐりぐりと四ノ宮の脚の間を擦る。

「っ」

彼は苦しそうに顔を歪めた。あすかの膝に当たった感触は、はち切れんばかりに熱く張り詰めている。

「……いいですよ、四ノ宮さん。しましょう」

「もう……？」

「充分です。……私も早く欲しい」

「っ、はぁっ」

「あっ……」

ずるりと指が引き抜かれる感覚にも声が出た。もどかしそうに欲しがる自分の声が恥ずかしくてたまらなかったが、これからすることを思えばどうってことない気もしている。

彼がシャツを脱ぎ終えると、引き締まって程よく筋肉のついた上体が露わになる。

「……あすかも見過ぎだ」

「あ」

視線の動きをばっちり見抜かれてしまった。少し照れくさそうな四ノ宮の顔を見た一瞬後に、視界は白く覆われた。彼が着ていたシャツを顔に放ってきたらしい。あすかの顔に、まだ生温かな感触が乗る。

「何するんですっ……」

見えないと一気に不安を煽られたので、あすかは慌てて顔面を覆ったシャツを手で取った。すると次に視界に入ってきたのはズボンを下ろした四ノ宮で、その手に持っていたものは。

「……ゴム」

「え？」

彼の手には封から出した状態の避妊具が持たれていて、今まさにそれを装着しようというところ。

「なんで持ってるんです？　そんなもの」

「……さあ。どうしてでしょうね」

「四ノ宮さんは本当に、準備がよすぎです」

「……あのさ。もうちょっとシャツを被っててくれないか」

「どうして？」

「着けてるところは見られたくない」

「……ふふっ」

一度は私に着けさせたくせに、とは言わなかった。言っても四ノ宮は記憶にないと言うだろうし、そもそもあれは自分が彼を縛ったせいだったことを思い出したからだ。あすかは四ノ宮が恥ずかしがる場面をここぞとばかりに凝視して彼を困らせた。

準備を整えた四ノ宮は裸であすかの上に覆いかぶさると、胸が苦しそうな表情でキスをしてきた。それは一瞬だけで、すぐに唇は離れていき、四ノ宮の手があすかの脚を大きく押し開かせる。

「っ」

「閉じようとしないで、あすか。……きみが抱けって言ったんだから、ちゃんと受け入れて」

「ん……」

言われて、息を吐き出しながら下半身の力を抜いた。すると四ノ宮の手に導かれるようにして、あすかの脚は開かれる。そこに、さっきからずっと痛そうなほど屹立したままの四ノ宮自身を宛てがわれる。

「っはぁ」

——ずぷっ、と先端が入ってきた。

これから何をするかなんてとっくにわかっていたのに、胸の高鳴りが収まらない。彼と最後に体を重ねてからまだ、少ししか経っていないのに。ちょっと時間を置いただけでまた最初から体を拓かれるような感覚に陥る。

四ノ宮の顔はやっぱり苦しそうで、今すぐ奥まで一気に突き上げて激しく動きたい、と言われているような気がした。彼がそうしないのは、あすかが「優しくしなさい」と言ったからだ。

どこまでも従順で腹が立つ。本心くらい汲み取ってほしい。

真上にいる四ノ宮に向かって腕を伸ばした。意外と太くしっかりとした首筋に、甘えるように絡みつく。

「優しく、とは言いましたけど」

「……なに？」

はぁっ、と我慢を重ねた四ノ宮の吐息がこぼれる。それは艶めかしく甘美で、あすかの秘部を濡らしていく。

「ほんとはもっと……めちゃくちゃに、激しく、してほしっ……んぁっ！」

最後まで言うまでもなかった。四ノ宮はあすかの体を強く抱き込み、宛てがっていた熱く滾《たぎ》る欲望をひと思いに最奥まで沈めてきた。

「あっ、あっ！　んぁっ、四ノ宮さぁんっ」

「っ、あすかっ……あすかっ！」

荒々しい呼吸の間で名前を呼び、四ノ宮はあすかの脚の間で何度も律動を繰り返した。根元まで沈めては、抜けてしまうギリギリまで引き抜き、あすかの内壁を擦り上げる。

あすかはたまらず四ノ宮の大きな背中に爪を立てた。三度経験しているはずの質量がナカを出たり入ったりして、その存在感をあすかの体に知らしめていく。ばちゅっ、ばちゅっと激しく淫らな音の出所が、自分の脚の間だと思うと消えてしまいたいほど恥ずかしくて。

同時に全身が痺れて快楽に支配されていった。指の先まで痺れている。

「あっ、あぁっ……！」

「あーっ……イイっ、あすかっ……なんなんだ、きみの体は……最高だ」

「んんッ」

耳に唇をくっつけて、獣のような呼吸でそう囁かれると腰のあたりから何かがせり上げてくる。

あすかが感じていることに気づいた四ノ宮は力いっぱい奥を突きながら、耳の中にまで舌を入れてきた。

「音、がっ……！」

ぐちゅぐちゅと、まるで脳みそを舐められているみたいな音に頭の中を支配される。

舌を抜き差しする合間に、四ノ宮は囁いた。

「ここがイイんでしょう……？　この、奥のところを突かれたら、すぐにイってしまいそうになるんでしょう。……かわいい」

「んっ、んッ……」

彼は的確にイイところを攻めてきた。そこはあすかが、四ノ宮の両手の自由を奪って事に及んだ時に『私はここが気持ちいい』と彼に教え込んだ場所。なんで覚えているの？　忘れていたんじゃないの？　……とは、今は訊かない。ただ与えられる快楽にどこまでも溺れていく。

既にとろけきっていた。体も心もぐずぐずで、どこを触られても気持ちよかった。

四ノ宮は腰の動きを休めることなく正面から攻め立てながら、少しずつ、あすかの脚を持ち上げて体位を微妙に変えていく。

「あぁっ、そ、こっ……すごいっ、あ、んっ……だめぇっ」

「は、だめ……？　だめですか？　ほんとに……？」

「っ、ん、はぁんっ」

「僕はこれ、っ、たまらなくイイんですけど……あぁっ。……きみのナカ、締め付けがすごくて……」

「っは、言わないでっ……」

「搾り取られるみたいだ。気持ちよすぎる……気を抜くと、出しそう……」

「も、やめっ……あぁッ！」

少しずつ脚を持ち上げられていった結果、体が半分引っくり返る。あすかが苦しいほどに感じていることなどお構いなしに腰を振り続けて、四ノ宮はナカで絶頂を迎えようとしていた。

「っ、は……あすか、イけそう？　僕は、もうっ……」

「うんっ……うん。四ノ宮さん……イって」

息も絶え絶えでそう返事をして、目の前まで迫ってきていた彼の首筋を舐め上げた。それにぶるりと四ノ宮は体を震わせ、精を放つ。

「あぁッ……！」

「あっ……」

最後に大きく四ノ宮に突き上げられ、精が避妊具の壁を叩くのを感じ、密かに達した。


そんな行為を繰り返し、夜は更けていった。「優しく」と前置いていたはずの行為は、お互いを気持ちよくする一心でいると生半可な動きではいられなくて、必然的に二人とも激しく乱れた。羞恥心をかなぐり捨てて求め合った夜。これまでの三回となんら変わりない夜。

ただ一つ、これまでと違っていたのは。

「おはよう、あすか」

朝になっても、四ノ宮がそこにいたということ。朝になってもそこにいて、〝あすか〟と名前で呼んでいたこと。

朝日の中で光るしなやかな上体を見上げながら、緩やかに覚醒する。ぼんやりとした頭で話しかけた。

「……明るいところで眼鏡はずしてるの、久々に見ました」

「そうでしたっけ？」

「ねぇ、四ノ宮さん」

「なんでしょうか」

「昨日の夜、私たちが何をしたのか覚えていますか？」

「……さあ。なんのことだか」

「この状況で？」

二人はまだ裸のまま同じベッドにいて、周りには脱ぎ散らかされた四ノ宮の衣服。ごみ箱の中には何度も愛し合った証が残されている。ここで四ノ宮がどう主張しようと、状況証拠だけで二人が交わったことは明らかだった。

けれど四ノ宮は言うのだ。

「いつまでもそんな格好でいたら、不敬な部下に食べられてしまいますよ」

「……本望です」

やっぱり、最初から忘れてなんかいなかったんだ。

なんとなくわかっていた。

彼が忘れたフリを続けていたのは、これがいけないことだから。

「ありがとうございます。わがままを聞いてくれて」

昨晩たっぷりと愛された体は、腰に鈍くだるい痛みを残しても満たされている。だけどわかった。この満たされた気持ちだけでは、自分は生きていけない。

四ノ宮の言った通りだった。〝四ノ宮だけでいい〟なんて嘘だ。

それは嘘だから、自分が選ぶべきは、やっぱり。

九章　ひとりぼっちのボス

取材はできる限り受けて、業務についても誰の元へも皺寄せがいかないようにがむしゃらに働いた。季節は秋になっていた。

夏の間ガンガンとノゼットのオフィスを冷やしていた空調は切られ、外はすっかり肌寒くなった。建物のそばに植えられた木々から落ち葉がオフィスに滑り込む。そのどれもが真っ赤に紅葉している。

四ノ宮と寝たのは、浴槽で溺れかけたあの日が最後だった。結局自分は社員を誰一人手放せないということがわかり、あすかはあの朝、四ノ宮にこう言った。

『これで最後にしましょう』

それ以上言葉を重ねなくとも、四ノ宮は反対しなかった。〝そりゃそういう選択をするでしょうね〟という顔で、そっとあすかのこめかみに唇を落とし、『承服しました』と言った。

〝それなら今だけ〟と自分の体を絡めとろうとする腕の中から逃れ、まっすぐに四ノ宮を見返した。

『私、くらいは……』

『はい』

『私くらいは、四六時中会社のことを考えてないと、だめだと思うから』

『……ご立派です。ボス』


自分は自分が立ち上げた会社のために二十四時間を捧げると、あすかが決意を新たにしてから数週間が経った頃。その電話はあすかに直接かかってきた。

パンツのポケットでぶるぶると震えるスマホ。取り出すとそこには、見慣れた取引先の社長の名前が表示されていた。待たせてはいけないと思い迷わず通話ボタンを押す。

用件はさっぱり見当がつかなかった。番号は伝えてあったものの、社長から直々にあすかのスマホに電話をかけてくることなど今までなかったのに。少し緊張していることが電話の向こうに伝わらないように、落ち着いた声を心掛ける。

「はい、皇です」

応対しながら自分のデスクを立ち、社員のいない二階の自室へと移動する。

「お世話になっております。お久しぶりですね、社長。ええ……ええ、はい、おかげさまで」

電話の相手はノゼットの主要取引先、『メリシャスス』の社長だった。メリシャスは世界各国の大小様々なブランドの仕入れルートを持ち、日本の小売会社に卸している。比較的安価ながらも輸入数が限られている希少品をノゼットに融通してくれたり、次に流行が見込まれる商品を率先して提案してくれたりする、優良な取引先だった。

「……社長？　どうかされましたか？　なんだかお声が……」

メリシャスの社長は人格者だ。前に嶋が揉めた名智カンパニーの社長とは違い、理不尽なことで怒ってくることもなければ、小口の取引先を下に見て奴隷のように扱ってくることもない。ノゼットにとっては最大の取引先でも、メリシャスは無数の国内企業を相手に取引をしている。それにもかかわらず、いつもとても丁寧に接してくれていた。

けれどこの時久しぶりに聞いた社長の声は、暗く沈んでいて。

「………………え？」

メリシャスの社長には、そんな声ででも自分の口からあすかに伝えなければならないことがあった。

――数分の通話の後、あすかは通話を切ったばかりのスマホをぎゅっと握りしめ、自分のベッドに腰掛ける。

「……」

ぐぐ、と自分でも無意識のうちにスマホを握る手に力が入る。はぁっ、と深く息を吐き出して、状況を整理しようと心を落ち着かせた。――考えろ。知恵を絞れ。お前の会社だろう――と、自分に言い聞かせていた。その時。

た。

「ボス？」

声がしたほうへ目を向けると、部屋の入り口で不思議そうな顔をした四ノ宮が立っていた。

「……ノックくらいしてください」

「しましたよ。返事がなかったし、開ける時も〝開けます〟と声をかけました」

全然気がつかなかった。

それを目敏く見抜いた四ノ宮は、あすかに歩み寄りながら問いかける。

「何か考え事ですか？」

「ええ……」

「さっきの電話？　……なんだか、顔色が悪いようですけど」

言われてぱっと自分の顔に触れる。きっと今、青白い顔をしているんだろう。とっさにごまかす言葉を探す。

「いえ……電話は、世間話でした。顔色は、ちょっと最近……寝不足で」

じっ、と四ノ宮が探りを入れるような目をする。これまであすかの不調を確実に見抜いてきた目は、決して変化を見逃しはしないだろう。先制を切るしかなかった。

「ちょっとだけ仮眠を取ってもいいですか」

「……それは構いませんが」

「ありがとう。十五分したら下ります。急ぎの用事があれば起こしてください」

「承知しました」

四ノ宮は確実に何か違和感を持っていた。仮眠を取ると言って追い出したことでこの場は引いてくれたが、この後はどう出るか。

ぱたんとドアが閉まったのを確認して、あすかはどさっとベッドに仰向けに倒れる。そのままゆっくりと瞼を下ろした。もちろん、本当に仮眠を取るわけじゃない。眠っている場合じゃない。考えろ――。

電話で告げられたのはあまりに大きな窮地。自分の中でうまく消化できなかったそれは、四ノ宮にだって言える気がしない。メリシャスの社長が憔悴しきった声であすかに伝えたのは、半年後にノゼットとのすべての取引を終了する旨の勧告だった。

『すまん、皇さん……』

人の良い社長が心の底から申し訳なさそうに、電話の向こうで頭を下げているのを感じつつ、あすかは焦っていた。

『え……待ってください。どうして……』

『本当に、こちらの一方的な都合なんだ……。うちの一番大きな取引先が、来年に取扱商品を一新すると言い出して』

『……一新？』

『仕入れ先も再検討すると言い出したんだよ。そこでうちに交渉を持ち掛けてきたんだ。

今、皇さんのとこに卸している商品――全部、自分のほうへ流すようにって。それが今後の取引継続の条件だと。直接そう言いはしなかったが、言われているのはそういうことだった』

『そんな』

『無茶苦茶だと思う。これは……言いにくいがうちの取引先は、きみの会社を潰しにかかってる』

『どうして……?』

『危険視しているんだ。コンセプトが違うと言っても、売ってる商品カテゴリは同じファッション雑貨だろう。今よりもきみの会社が大きくなって食い合うことになるのが怖いらしい。特に最近、ノゼットは注目されているし』

取材を受け続けたのは失敗だっただろうか。〝知名度が上がって仕事が舞い込めば〟と、なんとかスケジュールをやりくりしてきたけれど。

競合に目をつけられる可能性はあると思っていた。だけどこんな風に、大手競合から露骨に嫌がらせを受けるのは想定外だった。

ベンチャーで成長途中にあるノゼットは、事業を妨害されることに慣れていない。社長としてのあすかも、そういう嗅覚が育っていない。自分がいかに無知だったかに打ちのめされていると、電話の向こうでまた社長が謝る声。

『本当にすまない、皇さん……。若い会社に皺寄せがいくようなことは、絶対にあっちゃいけないことだと思う。だけど私も……社員の生活を守らなければ』

そう言う声は申し訳なさそうではあるが、答えをもう決めている。絶対に揺るがない基準は〝社員の生活の確保〟。

取引相手に義理立てするよりもっと大事なことが、社員の生活を預かる社長にはあるのだ。あすかにはそれが痛いほどわかる。

『わかりました』

返事をした時、頭の中にはまだなんの解決策もなかった。

『皇さん……』

『私の会社は、私がどうにかします』

それしかない。こうしてノゼットが半年後に大口の取引先を失うことが確定して、その電話は終わった。

——十五分が経った。閉じていた目をゆっくりと開く。ぼやっと天井が揺れる。そこに、いつか自分の上で腰を揺すっていた四ノ宮の、切なそうな顔を思い出した。

頭に浮かんだ像をすぐにかき消す。あの体温が欲しいなんて、ただの甘え。二十四時間、仕事のことを考えると決めたのだ。甘やかされたいなんて思わずに。だって自分は、たった一人では満たされないから、四ノ宮ではなくその他大勢を選んだ。

あすかが一階に下りると、幸いなことに、四ノ宮の姿はなかった。

「四ノ宮さんですか?」

きょろきょろとするあすかに気づいた入間が声をかける。あすかが答えるよりも先に彼女が言葉を続けた。

「四ノ宮さんだったらさっき外出しましたよ。今日は雑誌社の記者と打ち合わせがあるって言って」

「そう……」

チャンスかもしれない。ちら、とオフィスの端にある経理のデスクに目をやれば、そこにはツボ押し器で肩を解しながら経理伝票を処理している熊木がいる。

「ボス、四ノ宮さんと喧嘩でもしたんですか?」

「え?」

思いもしなかったことを言われて入間のほうに向き直った。頭の高い位置につくったお団子が、不思議そうに首を傾ぐ彼女の動きに合わせて揺れる。

「喧嘩……?　私と四ノ宮さんが?」

「はい。だってなんか……少し前までは、何か秘密の関係を持ってそうな空気、醸し出してたじゃないですか?」

「……いや、出してない」

そんな風に見られていたのか。

やっぱりあれは良くなかった。社員の目に触れないところでならいいという問題ではなくて。隠したところでどこかで感づかれてしまう。男と女の空気はきっと、消しても消しても消えなくて、繕っても繕っても、絶対にどこかに綻びがあるのだ。だからもう二度としない。

あすかがそう決意していると、入間は能天気な声でぼやいた。

「ちぇー、つまんないなー。もっとオープンにしてくださったらいいんですよ？　普通の社内恋愛だったら砂吐きますけど、ボスが女の顔見せてくれるんなら大歓迎です！　たまんねぇな、です！」

「いや……いやいや」

大歓迎と言われても。第一、入間がそう力説しようと、熊木は砂を吐くだろうし。他の社員だって士気が下がってしまうに違いない。

まともに話すとぼろが出そうな気がして、熊木のデスクへ行くため席を立とうとした。

「でもね、ボス。本当に」

入間の声が、茶化してもふざけてもいない、真面目なトーンだったからつい足を止めてしまう。

「一番信頼できる人との間に恋愛感情があっても、それはまったく変なことではないと思うんですよ」

「……え？」

もう一度視線を合わせると、入間は笑っていた。

「好きになった相手を信頼できないことだってあるんですから。信頼できる相手のことを好きになったんなら、それってすごくラッキーなことだと思いません？」

「……ごめん。よくわかんないや」

「あら、そうですか。残念」

案外お子様ですね！　と不満げに拗ねて見せた入間に苦笑いを返しながら、今度こそその場を離れる。本当に意味がわからないわけではなかった。好きになったのが四ノ宮でよかったと、あすかは心からそう思っている。

だけど入間の言葉をそのまま飲み込んでしまうと、せっかく決意したことがすべてバラバラに崩れ去ってしまう気がしたから。

自分より年下の入間のほうが、恋愛の酸いも甘いも経験値が高そうで参った。そして次に向かうのは、入間よりももっと経験値が高そうな魔女だ。

「熊木さん」

名前を呼んで隣のデスクの椅子に腰をかけると、不機嫌そうな童顔があすかのほうを向いた。

「なんですか？　自分から進んで経理に来るなんて珍しい……」

言いながら熊木はツボ押し器をデスクの上に置いた。〝何しに来たんだテメェは〟と言わんばかりに細められた目に、なんでこんなにも嫌われてしまったかなぁと苦笑しながら話しかける。

「お願いしたいことがあるんです」

「お願い？」

「みんなにも、四ノ宮さんにも秘密で試算をしてみてほしくて」

「試算？　四ノ宮さんにも秘密でって、あなた……またなんかヤバイ話抱えてんじゃないでしょうねぇ」

うげぇ、と見るからに嫌そうな顔をする熊木は、実はあすかよりもずっと年上だ。いつも入間や岸田に違和感なく交じって、いただきもののスイーツやテレビで流れる芸能ニュースにきゃっきゃとしているが、結構年上だ。銀行に勤めていたキャリアは長い。

そしてあすかを見る目も冷静で厳しい。明らかに嫌われているが、それでもその仕事ぶりは信頼に足る。

「仮に、メリシャスとの取引が半年後に全部ストップするとします」

「……は？」

「メリシャスとの取引で発生する買い付け金とノゼットでの売り上げがゼロになるとして、今人手が足りなくて断ってる案件を全部受注したらどうなります？　人件費は……」

「試算しなくてもわかるでしょうが」

熊木の声はぴしゃりと厳しい。四ノ宮が席をはずしているタイミングで本当に良かった。経理のデスクは他の社員の執務スペースからは少し離れた位置にある。けれど四ノ宮は、気になったらあすかと熊木が何を話しているか必ず確かめに来るだろう。

熊木も事が事だと察したのか、厳しい声ながらも声のボリュームを抑えていた。

「試算なんかするまでもない。メリシャスとの取引がなくなったら、うちのサイトの商品半分なくなるじゃない。メリシャスとの取引ブランドについていた固定ファンが離れて、他の商品の売り上げも落ちるとなると……考えたくもないわね。人件費で確実に赤字になる」

「……仕事を、増やすというのは」

「自分でもわかってることをいちいち訊かないで。通販はもう仕入れから販売までのスキームができてるからそもそも今は人手がかかってない。メリシャスの商品がなくなったからって、手が空く人が大量に出るわけじゃないわ。はっきり言って売り上げと利益が落ちるだけ。良いことなんか一つもない」

「そう、ですよね、やっぱり……」

「なんで急にそんなことになってんのよ……」

「……変なこと訊いてごめんなさい。四ノ宮さんにはまだ黙っておいてください。もちろん、他のみんなにも」

「皇さんさー……」

呆れ返っていた熊木は声のトーンを一変させた。とても冷たく低い声だった。

「そういうとこ、ほんとどうにかしたほうがいいよ」

「……」

「良かれと思ってるのか知らないけど、ただ黙ってることが〝嘘をついてる〟ことになる時もあるんだから」

「……はい」

「信頼なくすことだって、あるんだからね」

「はい……熊木さんって、あれですよね」

「なに?」

「私のこと嫌いなわりに、親切……」

熊木は〝ハッ〟と笑って肩を竦めた。

「違うわ、履き違えないで。親切じゃない。私だって生活がかかってるの。この会社に潰れてもらっちゃ困るの」

「ですよね……」

「皇さんのことはあんまり好きじゃないわ」

「ええ……だろうなぁとは昔から」

わかってはいたけれど、面と向かって言われるのは精神的にクるものがある。ここで落ち込んで見せるのは格好悪いと思っていたが、正直泣きそうだった。

好かれるだけが社長じゃない。嫌われることを恐れちゃいけない。……でもやっぱり嫌われたくはないよなぁ、と本音が顔を覗かせた時、熊木が言葉を続けた。

「好きじゃないわよ。美人だし、それだけで女として嫉妬するし。輪をかけて腹が立つことに綺麗事ばっかり言うしね。理想論だけ掲げられるとむかつく。汚いことは何も知らずにただ愛されてきたんだろうなぁって、妬ましくて。はっきり言っちゃうけど嫌いよ」

心が折れそうだった。もうやめて、ストップ、とあすかが熊木の言葉を遮ろうとした時。

彼女は目を伏せてこう言ったのだ。

「だけど、家族に対してだってむかつくことあるじゃない」

「………え？」

バツが悪そうに指先をいじりながら。

「人なんて簡単に変わらないいし、合わない人はいつまで経っても合わないし、うんざりもするけど……だからって、簡単に離れていったりなんかしないでしょう。一度仲間になったんだから」

「っ、熊っ」

「この話は終わり」

ぴしゃりとそう言って、熊木はパソコンに向き直る。ツボ押し器を片手に取る。これ以上はもう、口を利いてくれなさそうだった。

嫌われてはいるけれど、家族と同じくらいの場所に位置づけてくれている。まったく信用されていないと思っていた相手が、実はそんなにも自分に気持ちを預けてくれていると知って、目の奥が熱くなった。

（……考えなきゃ）

熊木も、誰も、路頭に迷わせてはいけない。

冷静に現状を洗いなおしても、メリシャスとの取引がなくなることで受けるダメージは大きい。どう考えてもノゼットを立ちいかなくさせる。わかっていた。今可能性のある仕事をどうこうするくらいじゃ、その大きな穴を埋めることはできない。

だけどあすかは、メリシャスの社長に言ったのだ。

『私の会社は、私がどうにかします』

どうにもならないとしても、どうにかするしかない。社員の生活を守らなくては。そのためにはなりふり構っていられなかった。格好悪いことも、恥ずかしいことも、人の道に背《そむ》くこと以外ならなんだってやる。――それくらいの覚悟が固まった時に、ちょうど、タイミングを見計らったように来客があった。

オフィスにいた二十名ほどの視線が冷たくなる。その男は長身で、クールビズの季節もとっくに過ぎたというのにノーネクタイ。Yシャツの腕を捲り、ジャケットを肩にかけて歩いてくる。外回りの営業マンのような格好でありながら、身に着けているもの一つ一つはハイブランド。貫禄はあるが、実際の年齢はちょっと測りかねる風貌で。無精髭がなおさら、年齢の断定を迷わせる。

彼はずかずかとオフィスを横断して、すべての冷たい視線を意に介さず、あすかの元へまっすぐに歩いてくる。ニッ、と口を笑わせて。

「よぉ、あすか。元気か？」

元上司である神宮寺は、四ノ宮が不在にしている絶好のタイミングでノゼットの事務所にやってきた。

あすかは熊木の隣のデスクからゆっくりと立ち上がり彼を迎え入れる。

「お久しぶりです、神宮寺さん。最近またしばらく姿を見ていなかったので、どうしてるのかなぁと思っていました」

「おぉ、それは何？　今度こそ俺に会えなくて寂しかった？」

「いいえ」

あすかはにっこり微笑み返して、明瞭な声で言った。

「寂しくはありませんでした。でもご相談したいことがあったんです、ちょうど」

「ふーん？」

ニヤニヤと笑う元上司の顔に、彼がすべての事情を耳に入れていることを悟る。そうでなければ、こんなばっちりなタイミングで現れはしないだろう。ちょうど良かった。四ノ宮が戻ってくる前に、話をつけなければならない。

「お話を聞いていただけますか？」

「ああ、いいよ。上で密会しようじゃないか、ボス」

社員たちの視線に殺意が混じるのがわかる。この、敵愾心《てきがいしん》を煽っていくスタイルだけは、本当にどうにかならないんだろうか……。元上司の悪い癖に心の中で悪態をつきながら、あすかは「こちらへ」と神宮寺を二階の応接室へ通した。

神宮寺と自分の前にそれぞれコーヒーを注いだカップを置き、彼の正面に腰掛ける。

「それで、どうすんのお前」

コーヒーに口をつけると、神宮寺は余計な話を一切挟まず本題に入った。あすかは自分が淹れたコーヒーに口をつけるまもなく、返事をする。

「正直、どうしようもないなぁ、と。お手上げです」

「お手上げじゃ済まんだろうが、社員どうすんだよ。なんかアテあんのか?」

「ないです」

「おいおい……」

「ないってわかってるから、このタイミングで来てくださったんでしょう?」

「……ははっ。まるで俺がお前を助けるために来たみたいだなぁ?　その言い方は」

今、自分がどれだけ情けないことを言っているか、あすかは自覚している。人に助けられる気でいる自分がどれだけ厚かましく、浅ましいか。自分を客観視して死にたくなるほどだった。

それでもまだマシだと思う。どれだけ自分が大変で、かわいそうな状況かをつらつらと訴えるくらいなら、もっと。わかりやすくはっきりと自分で落ち度を認めて、すがったほうがまだ、幾分は。

「助けてください」

あすかはその場に座ったまま深く頭《こうべ》を垂れ、ローテーブルに額を擦りつけた。

頭上から神宮寺の冷たい声が落ちてくる。

「……やっすいプライド。社員が見たら泣くぞお前」

「泣かせても構いません。生活に困らせるほうがずっと問題です」

「ふん……。だろうな」

その間もずっと、あすかは額をテーブルにつけたまま。

「お願いします」

「俺は何をお願いされてるんだ？　融資か？　それとも仕事の斡旋《あっせん》？　それはいくらなんでも無理だぞ。俺以外の役員はやっぱりお前のこと、MCファクトリーを捨てた人間だと思ってるし。そこまでの大口案件をそっちに回すのは、深い痛手になる」

「どんな形でもいいんです」

「……」

「無理なお願いをしていることはわかっています。でもお力を貸していただける範囲で、うちの社員を助けてください。知恵を、貸してください」

ずっとずっと、あすかは額を擦りつけたまま。神宮寺もしばらく黙っていた。どれくらいの時間そうしていただろう。

もう本当に、どうにもならないのかもしれない。あすかの心臓がそんな思いで千切れそうになった時、神宮寺が口を開いた。

「わかった」

「っ」

「お前の社員の生活は俺が責任を持って保証しよう。……条件は一つ」

「なんでも。なんでも構いません。……条件は、なんですか」

頭を下げたまま、完全降伏の姿勢であすかは神宮寺の提示する条件を聞いた。

「お前の一番大事なものをもらおう」

十章　馬鹿に効く薬

皇あすかは仲間が欲しかった。

会社の中で足を引っ張り合うような集団とは違う。仕事上の困難に一緒に立ち向かって、得た成果を同じ気持ちで喜べる仲間が欲しかった。

社長になりたかったわけじゃない。地位よりも、一緒に悩んだり喜んだりしてくれる人たちが欲しかった。そういう人たちを集める手段が、会社を興すことだっただけなのだ。

仲間が欲しかっただけ。

だから神宮寺の出した条件が何を指すのか、あすかにはすぐにわかった。

『お前の一番大事なものをもらおう』

あすかにとって一番大事なものは、明白だ。ずっと大事に大事に守ってきたノゼット以外にあるはずがない。神宮寺もそれをわかって言っている。

「考える時間くらいやってもいいけど」

コーヒーに口をつけながら静かにそう言う神宮寺に、あすかは一瞬だけ考えて見せ、すぐにふるふると首を横に振った。

「……いいえ。神宮寺さんの考えが変わってしまっては困ります。助けていただけると言うのなら、お願いします」

「迷いがないねぇ」

「迷うことなんて、ありますか？」

迷ってはいないけれど、手放したくないに決まっている。ここで決断しなければいけないとわかっているから、あすかの顔は泣き笑いのようになってしまった。

しゃべる声が震える。

「一番大事なものを不幸にしない道を選べないなら、それはそもそも、一番大事ではないってことでしょう」

「……そりゃそうだな。じゃあ、本当にもらうぞ」

「……」

「これは最終確認だ、あすか」

正面に座る神宮寺は、いつもの茶化すような目とはまったく違う、静かな瞳で、あすかに決断を迫る。

「いいんだな？」

あすかは微笑み返す。頭の中にこれまでの記憶が蘇った。

組織の中で働いている時、ずっと仲間が欲しかったこと。

会社を辞めて独立した時、最初はたった二人だったこと。

いろんな経緯《いきさつ》で増えていった仲間たち。一緒に働きたいと言ってくれた。なんの取り柄もない自分のことを慕ってくれた。間違っている時は苦言を呈してくれた。新しい道が拓けた時は、一緒に喜んでくれた。

社員が離れていくのが怖くなって、いつの間にか〝ボス〟という肩書きを重く感じてしまっていたけど、本当のあすかの願いはすべて余すことなく、叶っていたのだ。

そんな夢はもう終わり。


あすかはボスとして、最後の役目をまっとうする。

神宮寺に承諾を伝えようと、口を開こうとした——その時。

「勝手なことをされては困りますよ、ボス」

自分をたしなめる声に驚いてびくっと体を震わせた。慌てて声がしたほうを振り向くと、部屋の入り口に四ノ宮が立っている。

（……どうして？）

外出していたんじゃなかったのか。

呆然とするあすかを尻目に、四ノ宮は「失礼します」と言って部屋の中へと突き進んでくる。文句を言いながら。

「勝手に事務所を契約してきた時とは、わけが違います。あの時も結構怒ったつもりですけど……最初に言いましたよね？〝いついかなる時も〟」

四ノ宮に言われてすぐ、あすかは思い出した。自然と続きの言葉を唱える。


〝いついかなる時も〟


「……〝そばに置いて、きみが最初に相談するポストを〟」

「そうです。なんだ、ちゃんと覚えてるじゃないですか」

笑う四ノ宮。それは彼が、一緒に独立するにあたって最初に出した条件だ。……ああ、とあすかは思う。

（ものすごく大事な約束を、私は破っていたんだ）

気づいたあすかのすぐそばで、ニヤニヤしながら事の次第を静観していた神宮寺が言う。

「すごいな四ノ宮クン。登場のタイミングがまるでヒーローみたいじゃねぇ？　痺れるわー」

「そう言うあなたはうちの社員から見たら完全に悪役ですよ、神宮寺さん。……それに」

立っている位置から見下ろしながら、攻撃的に。四ノ宮は神宮寺に冷たく言い放つ。それはあすかの想像の斜め上をいく言葉だった。

「僕が先に手をつけたんです。会社のことを盾に横槍を入れるのは、やめてもらえますか」

「……は？」

四ノ宮の言葉の意味がわからず、あすかの口からは間の抜けた声が出た。何を言っているんだ彼は。〝先に手をつけた〟？　ちんぷんかんぷんで神宮寺の顔を見ると、あすかと同じ心境のようでぽかんとしている。

「……」

「……」

「……」

三人の間に流れる妙な空気。あすかと神宮寺は、社員の生活を保障するために会社を明け渡す交渉をしていたはずだ。それなのに、誰も今起こっていることの実態が摑めない。どういうことなのか、誰か説明してほしい。

確かめるために沈黙を破ったのは神宮寺だった。

「四ノ宮クンよ」

「……はい」

四ノ宮も、何かがおかしいことに気づいたらしい。バツの悪そうな顔で返事をする。彼が入ってきたドアのほうを見ると、入間や岸田や嶋といった面々が部屋の中を覗きながら、みんなして〝あれ……？〟という顔をしている。

これは、一体。

「何か誤解しているような気がしてならんから訊くけど。きみはこれが一体、何の話をしている場面だと思ったんだ？」

もう間違いだったとわかっている四ノ宮が、それでも白状しないわけにはいかず、渋々口を開く。

「……神宮寺さんが、うちの社員を守る条件として〝ボスの大事なもの〟をもらうと」

「そうだな。それをなんだと思ってる？」

「…………ボスの処女を、神宮寺さんがもらうつもりだと」

「……ふ、ふはっ……四ノ宮クンよ、そいつは…………あひゃひゃひゃひゃひゃひゃひゃひゃ！」

神宮寺の笑い声がけたたましく響く応接室で、あすかは顔を真っ赤にして四ノ宮を睨んだ。四ノ宮は、やっぱりバツが悪そうにしてため息をつき、眼鏡の位置をなおした。

——事の次第はこうだ。あすかと神宮寺がノゼットの今後について交渉するのを、入間や嶋を筆頭とする若手社員たちが応接室の外で盗み聞きしていた。その中で、神宮寺の口から出た『お前の一番大事なものをもらおう』という言葉を、前に神宮寺が来ていた時のことを思い出して誤解してしまったらしい。

〝神宮寺が社員の生活保障と引き換えにボスの処女を奪う気だ！〟

確かに以前、神宮寺はここで『我らがボスがこの歳まで大事に大事に守ってきた処女だぞ？　そう簡単に奪ったりしないって！』なんて最低な冗談を言っていた。……だけど。

でも。それでなんで、そういう誤解をするんだ……。

誤解した社員たちは、その時ちょうど事務所に戻り二階に上がってきた四ノ宮に現状を報告した。『神宮寺の野郎が来てる！』『なんか変な条件持ち掛けてきた！』『やばいですボスが犯される四ノ宮さんなんとかして！』

それで、あの四ノ宮の登場である。


そこまで聞いて、あすかは更に頭が痛くなった。

（そこでどうして真に受けたんです四ノ宮さん……。なんで〝僕が先に手をつけた〟とか言っちゃうの……）

神宮寺は息切れするほど、気が済むまで腹を抱えて笑い続けた。彼が散々馬鹿にして笑った後、四ノ宮が静かな声で言う。

「メリシャスとの契約終了の話は熊木さんから聞きました。……今後のことは弊社内で策を考えるので、神宮寺さんの手を借りるというお話は白紙に」

「ふっ……くくっ、だろうな。うん、そうするべきだと思うよ……あー、おもしれぇもん見た、来て良かった……」

「……早く帰ってもらえますかね」

未だにぷるぷると震えて笑う神宮寺に、四ノ宮はもうイライラを隠さない。神宮寺は
「あーはいわかったわかった」と言いながら、ジャケットを摑んで立ち上がる。

帰り際に神宮寺は言った。

「良かったなあすか。止めてくれる奴がいて」

「……はい」

これから四ノ宮やみんなにはこってりと怒られてしまいそうだが、あすかの気持ちは少し軽くなっていた。会社の置かれている状況も全部バレていて、もうみんなに相談するしかない。四ノ宮が神宮寺に言った「これから弊社内で考える」という言葉が、当たり前なようでいて、自分ではそう簡単にできなかった。

神宮寺はまっすぐ応接室の出口まで向かう——かと思えば、踵を返してあすかの目前までやってきた。まだ何か言われるんだろうか。

あすかが少し体を緊張させていると、無精髭の生えた端正な顔が、他の誰にも聞こえない声量で囁く。

「そういえばお前。結局アレ、使ったんだ？」

「……余計なお世話です」

質問には答えずに、グイグイと神宮寺を押して部屋から追い出した。

神宮寺が立ち去った後のノゼットでは、社員揃っての大反省会と作戦会議が行われた。

「本当に、申し訳ありませんでした」

反省することになったのは主にあすかだ。社員一同で大きく輪をつくり床に座る中、深々と頭を下げる。メリシャスの契約解除の件をみんなに秘密にしようとしていたこと。誰にも黙って神宮寺と交渉して、会社を明け渡そうとしていたこと。

直前に熊木に忠告された通り、すべてを話した後の社員の顔には不信感が見てとれた。黙っていることが、嘘をついているのと同じことになる時がある。自分でどうにかするつもりでいたとはいえ、会社のピンチを隠そうとしたことの罪は重い。

「私がしたことは、誠実じゃなかったと思う……。本当にごめんなさい。……謝ったところで、もうついていけないという人もいると思いますが——」

「ボス、あの」

あすかを取り囲んでいる社員の中で、最初に声を上げたのは嶋だ。あすかは口をつぐんで彼に続きを話すよう促す。

「……正直、俺は悲しいです。こんなに大変なことをなんで言ってくれなかったんだろうって。そんなに自分たちはボスにとって頼りないのかって。不甲斐ないし、情けない」

「違っ……そうじゃなくて！」

あすかは焦った。嶋の言っていることは、少し前に会社を離れていった藤井の言葉を思い出させた。

〝俺、この会社に必要ないでしょう？〟

自分の言葉が足りないせいで誤解をさせてしまう。そんなことを繰り返すのは、もう嫌だと。

「私はっ……」

心配をかけたくなかっただけ。不安にさせたくなかっただけ。

並べようとした理由のどれもが、独りよがりなものだと気づいて泣きたくなる。こんな言葉は誰の心も繋ぎ留められない。

伝えたいことはなんだろう？　真に心に届くのはたぶん、もっと切実な、自分のほんとの願いなのでは――。

そう思って、言葉を選びなおす。

「……私は」

気づけばみっともなくぽろぽろと涙がこぼれていて、自分ではそれを止められなかった。神宮寺に『一番大事なものをもらう』と言われて真っ先に頭に思い浮かべたもの。

なんで黙っていたのかなんて、そんなことよりも。

「……もっと、みんなと一緒に働きたい……！」

それをちゃんと口にしたのは初めてだった。

社員たちは黙ってその言葉を咀嚼する。その中で、入間が言った。

「じゃあ、ボスは絶対にノゼットを手放せないですねぇ」

その通りだった。こういう話の流れになることを待ち構えていたように、四ノ宮が穏やかに笑う。

「そうと決まれば、早急に打開策を考えないといけませんね」

頷くあすかが嗚咽で言葉に詰まっていると、次々と社員が言葉を繋いでいく。

「……サイトのリニューアル。変えませんかってこっちから営業かけてもいいと思う」

「記者ともいくつかパイプができたわけですし、メディアリレーションも含めてコンサル業務を拡大するというのは⁉」

若手の意見に熊木が答える。

「岸田ちゃん、嶋くん。それだけじゃダメよ。小さいのを積み上げていくのも大事なことだけど、それと一緒に大きな収益源をつくらなきゃ……。四ノ宮さん」

「はい」

「四ノ宮さんが動いている自社ブランドの案件、品数を増やしたり広告も入れることを考えたら、だいたいどれくらいまで利益を最大化できそうですか？」

「そうですね……私がぼんやりと考えていた分では、うまくやれば年間八千万ほどの粗利を出せるのではないかと」

え、そんなに？

あすかが呆けている間に熊木が話を進める。

「だとしたら……その立ち上げ、四ノ宮さんの手腕でどれくらい早められます？」

「熊木さんに尻を叩かれるとは……。そうですね、あと三か月ほど縮めてみましょう」

ついこの間まで険悪になっていた二人が、ノゼットのために真剣に話をしている。

熊木や四ノ宮、岸出、嶋だけにとどまらず、ノゼットのこれからを考える声は社員の輪の中で次々に広がっていく。

「じゃあ私は商品の宣材写真撮って、メーカーに買い取ってもらえるように営業かけてみようかなー」

「あっ、それ。たまに得意先から〝そういうサービスやってないの〟って訊かれます」

「実は俺も、仕入れ先から〝うちのホームページのデザインもやってくれ〟って」

「じゃあそういう取引先用のサイト制作、パッケージ作ってやってみませんか？」

「俺その企画書つくります！」

一人きりで悩んでいたのが馬鹿みたいに思えるほど、社員の口から次々と出てくる打開策は、簡単に会社の未来を拓いていくような気がした。

あすかが「ありがとう」とつぶやいた声は、みんなの議論や笑い声の中に吸い込まれて消えていく。入間に肩を抱かれながら、社員たちから「意外と泣き虫なんですねぇ」と笑われるあすかを、四ノ宮は一番離れたところに立って見守っていた。

その夜。仕事を終えた社員たちは「ほどほどにですよボス！」と口々に念を押しながら帰宅していった。

夜九時を回った頃、オフィスには最後、あすかと四ノ宮と入間の三人だけになり、入間ももう帰宅しようとしているところだった。

「……ん？」

自分のデスクでパソコン作業をしていたあすかはふと顔を上げた。入間が四ノ宮のデスクへ立ち寄り、何やら話しをしていることに気づく。何かを手渡した様子だが、何を渡しているのかまでは見えない。

目を細めて確認しようとすると、入間はひそめていた声を急にいつものボリュームに戻して「期待してますよ、四ノ宮さんっ！」と言ってばしばしと彼の肩を叩いた。

（……なんだ？）

続けて入間はあすかのほうを振り向き、ぶんぶんと手を振ってくる。

「ボス、お先でーす！」

「ん、お疲れさま。帰りは気をつけてね」

「一日撮影会させてくれる約束、忘れちゃだめですからね！　私もうスタジオ予約しちゃいますから!!」

「あ、えぇ……」

「じゃあ、お疲れさまでした！」

ニカッと笑って入間は、通勤用のリュックを背負い元気良く事務所を後にする。

たった三人のうち一人がいなくなっただけなのに、ドアが閉まった後のオフィスは嵐が過ぎ去った後のように静かになった。四ノ宮はあすかのほうを振り返りなんとも言えない顔をしている。入間から受け取った何かを慌ててズボンのポケットに仕舞い込むのを、あすかは見た。

「……四ノ宮さん？」

「ん……」

その反応に違和感を持ったあすかは席を立ち、四ノ宮の元へ歩み寄っていく。ずっと同じ姿勢でいるのはよくない。血の巡りも悪くなってしまうから、一時間に一度は立つようにと四ノ宮に言われたことを思い出しながら、ゆっくりと。

「入間から何か、もらってませんでした？」

「……」

「……〝いついかなる時も最初に相談しろ〟と言っておいて、四ノ宮さんは私に秘密をつくるんですか？　納得いきません」

「……それとこれとは」

「全然納得できないです。秘密にしたり……忘れたフリをしたり」

キッと睨んで壁際へと追い詰める。四ノ宮はバツが悪そうに目をそらす。

何度体を重ねても、翌朝になれば必ず彼は記憶にないフリをした。それこそ、あすかが〝本当に媚薬の副作用で記憶喪失なったんじゃないか？〟と半分信じてしまうほど。迫真の演技で。

騙されてかけていたから、なおさら納得がいかない。

「いけないことだと思って、なかったことにしてくれていたのはわかります。でも……忘れたフリばっかりしなくても、いいじゃありませんか」

「……」

「朝起きるたびに〝全部嘘だったんだ〟ってがっかりしたんです。何回寝ても、あなたはなんにも覚えてないって言って」

四ノ宮はずっと目をそらしたまま沈黙を守る。あすかは段々イライラしてきて、それをぶつけてしまう。

「……っ、全部覚えてたくせに！　この卑怯者っ」

その言葉にカチンときたのだろう。

四ノ宮はそらしていた目でじっとあすかを見て、言い返してきた。

「最初にコーヒーに媚薬を仕込んできたきみにだけは、絶対に言われたくないな。卑怯者」

途端、あすかの顔はカーッと赤く染まっていく。

〝気づいているかもしれない〟とは思っていた。いざ指摘されて暴かれると、その恥ずかしさは尋常じゃなかった。動揺のあまり口をぱくぱくさせて半泣きになっていると、見かねた四ノ宮が両肩にそっと手を置いてきた。なだめるように。

「……ごめん、今のはずるかった。ボス。ちょっとだけ僕の言い訳を聞いて」

バレてた、気づかれてた、なんと申し開きしよう……。ぐるぐる頭を悩ませるあすかを落ち着けるように、四ノ宮はどうどうと背中を叩き、すぐそばの椅子に座らせる。そしてさっきの四ノ宮よりもよっぽどバツの悪そうな顔をするあすかの足元に跪いて、彼はそっと両手を握った。

「僕は絶対に、きみのことを抱かないつもりだったんだ」

言われた言葉に、あすかは〝そんなことは知っていた〟という顔で口を固く結ぶ。その顔に四ノ宮はふっと笑いながら言葉を続ける。

「前にも言ったでしょう？　僕がどれだけ我慢してるのか、きみは知らないんだって。あれはそのまんま本心です。いつも腹の下に欲望を隠し持って、想像の中だけできみを汚して。……あれを話した時は幻滅した？」

幻滅なんてしていない。でも、四ノ宮が自分を……なんて想像もしていなかったから、正直戸惑った。その気持ちを説明できずに黙っていると、四ノ宮が穏やかに話を続ける。

「事実そうなんだよ。たくさん想像した。でも、それだけで良かった。実際にきみを汚すことは絶対にできないと思ってた。僕はきみのことを心の底から敬愛している」

「……敬愛、ですか」

聞くたびにいつも鼻白んでしまうその言葉に、あすかは眉を下げる。

自分が欲しい愛は、もうとっくにソレではない。

「いつも社員のことばっかりなきみが。いつだって迷わず社員の幸せを選べるきみが。綺麗で、それでいて誇らしかった。きみはみんなのボスだ」

そんな言葉も、嬉しいけど嬉しくない。

「だけどあの日、あすかが仕掛けてきたから。……それで僕の中での取り決めは簡単に壊されてしまった。あんな誘惑でいとも簡単に。正直、卑怯だと思ったよ」

「……ごめんなさい」

「〝媚薬〟ですよね、あれは。コーヒーを飲んだら急に体が熱くなって、誰に仕込まれたんだろうって最初は焦りました」

「……」

「あんな薬、どこで手に入れたんですか」

「……神宮寺さんが」

「そんなことだろうと思いました」

四ノ宮は深く嘆息する。

神宮寺に冗談で渡された媚薬。それをあの日、あすかは四ノ宮のために淹れたコーヒーの中に混ぜた。元々は使うつもりなんてなかったのに、四ノ宮が自分に欲情することは一生ないんだろうなと思ったら、手が勝手に動いていた。

「そんなに手を出されたかったんですか？」

両手を握ったまま下から優しく問いかけてくる声に、あすかは黙秘する。代わりに疑問を投げかけた。

「……忘れたフリをしていたくせに」

「ん？」

「どうしてその後も、私と寝たんですか」

「……ああ」

それがあったから、彼の真意を測りかねたのだ。最初が媚薬による不可抗力で、それをなかったことにしようと忘れたフリをしたのは、まだ理解できる。だけど覚えているはずの四ノ宮は翌日、自分がつけたキスマークに嫉妬する素振りであすかを乱暴に抱いた。それさえも次の朝にはなかったことになっていた。あれはどういうことか？

その答えを、四ノ宮が淡々と語り出す。

「コーヒーに媚薬を盛ってきたあの時……ソファに組み敷いたらきみが、後悔してるような顔をしたから。〝なんて馬鹿なことをしたんだろう〟って、仕掛けたそばから思ってただろう？　だけどもう体は止められなかったし」

言われたことが的を射すぎていて、あすかはまた黙るしかない。確かに媚薬を使ったことは、実際に四ノ宮の様子が急変してから激しく後悔した。

「抱くのはもうやめられなかった。でも、せめて忘れたことにすれば、きみは明日からも気兼ねなく働けるのかなって。最初はそう考えたんだ」

「っ」

そういうところが納得いかない。彼があすかのためにと思って隠す秘密や、迷わずにつく嘘。それをやめろと言いたいのだと、口を開こうとした時。

四ノ宮の言葉にはまだ続きがあった。

「――それなのに、せっかく僕が記憶にないフリをしても何度も誘ってくるし。……でも逆に、忘れたフリさえしていれば、きみはずっと触れたがってくれるのかなって」

「……え？」

きょとんとするあすかに、またふわっと笑いかけてくる。四ノ宮の顔は、さっきからずっと優しい。

「言ったでしょう？　きみは知らなかったんだ。僕がずっと我慢していたことを。……それに、独立する時に」

「んっ……」

四ノ宮はしゃべりながら、手を握りなおして指を絡ませてきた。指の間が擦れてくすぐったい。

「〝あなたが欲しい〟って言ってくれたでしょう」

「……うん？」

〝だから私、あなたが欲しいんです〟と、前の会社の休憩スペースで取っ組み合いのようになりながら伝えたことは、もちろんあすかも覚えている。

「あの日からずっと、きみが僕に思ってくれている以上にね。僕はきみのことが欲しかった」

今だって、と言って四ノ宮は、指を絡ませていたあすかの手に口づける。欲情を垣間見せる上目遣いにドキリとして、あすかはたじろいだ。

——まだ懸念している。社長である自分が、社員の一人である四ノ宮を特別視していいものか？

四ノ宮は、口づけたあすかの白い手に頬ずりしながら話し続けた。

「この間、きみが浴槽で溺れかけた日。〝四ノ宮だけでいい〟って言ってくれた時は、胸が震えるくらい嬉しかったんです。それはすごく仄暗《ほのぐら》い独占欲なんだと思うけど。……だけどきみは、僕だけじゃなくてみんなを大事に思ってる。それもちゃんとわかってるんですよ」

「……うん」

「でも、きみが懸念しているようなことは、もうとっくに問題じゃないのかもしれない。僕たちの関係は、もう随分と前からみんなに誤解されているし、どちらかといえば応援されている」

「……応援？」

首を傾ぐあすかに四ノ宮は、ほら、とポケットの中から小さな箱を取り出す。それは、人間から受け取ったと思われる……避妊具だった。

「ばっ……」

馬鹿か……！

声にならない声を上げて、あすかは動揺のあまり目の前の四ノ宮を蹴ってしまった。

後ろによろめきながら埃を払って立ち上がる四ノ宮も、これを受け取って戸惑ったのか困った顔をしている。

「びっくりしますよね。入間からは〝みんなボスの幸せを願ってるんですからね！〟ってこんなものを託されました」

「受け取らないでください……！」

「いや、うん……。使う気はなかったんだけど。気が変わった」

ずっとあすかの足元で屈んでいた四ノ宮は、立ち上がるとやはり大きくて、座っているあすかのことをすっぽりとその体で覆ってしまう。椅子に座ったまま身動きの取れないあすかの耳元に、彼は息を多分に含ませた声で囁く。

「……あすか。抱きたいです」

「っ！」

「ほら。僕はちゃんと伝えましたよ。きみは？」

「……」

「媚薬なんてものを使わなきゃ、男一人モノにできないんですか？　うちのボスは」

「……いっ、意地悪です！」

「意地悪されるの嫌いじゃないでしょう。本当は」

それで？　と答えを諦めてくれない眼鏡の下の甘やかな目に、観念させられてしまった。そろりと四ノ宮の首に腕を回す。嬉しそうに彼が頭上で笑う気配。

「不安に思わなくて大丈夫です」

こめかみにキスを落としながら、雰囲気を壊さない程度の声で囁いてくる。

「きみは全部を大事にできる」

そう信じて疑わない声に包まれながら、その腕に絡めとられながら。ゆっくり目を閉じた。四ノ宮は低く抑えた声で切実に「だから願いを言って」と。

あすかは緊張していた。一緒に独立しようと口説いた時よりもそれは勇気がいって、赤裸々で。そして何より自分のために願っていること。

昔、襟首を乱暴に摑んで伝えたことを今、優しく背中を抱きしめて。小さく、けれどあの時よりもはっきりと。


「――――あなたが欲しいです」


四ノ宮からの返事はない。

「……四ノ宮さん？」

勇気を振り絞ってきちんと伝えたのに、反応がないから不安になった。薄く目を開けて彼の表情を確認しようとすると――。

「……え？　っ、ひゃぁっ⁉」

一気に椅子から抱き上げられた。体が浮いた次の瞬間には彼の肩に担がれていて、表情を確認するどころではない。

「四ノ宮さん！　……高い！　怖い！」

長身の彼に担がれて、あすかの上体は四ノ宮の背中でぶらっと揺れた。四ノ宮が手を放したり滑らせたりすれば顔から落ちてしまうこの状況は、怖すぎる。

「暴れないで。危ないから」

「下ろしてっ……どこに行くんですか！」

「ベッドに決まってるでしょう。わかりませんか？」

なぜか怒っているように聞こえる口調に、あすかは押し黙る。怒らせるようなことを言った覚えはない。わけがわからないし、自分は今ベッドへ連れていかれているんだと思うと気恥ずかしくて、もう何も言えなかった。四ノ宮が階段を一段上がるたびに視界が大きく揺れた。こんな荷物のような運ばれ方は初めてだ。

彼の不機嫌な口調と手荒な運び方の理由は、ベッドに降ろされた瞬間すぐにわかった。担ぎ上げた時の勢いとは対照的に、そっとガラスでも扱うかのようにあすかをベッドに横たえた四ノ宮。その表情を見て、あすかは笑ってしまった。

「……なんて顔してるんです。自分が言えって言ったくせに」

彼は少し顔を赤らめて、照れを隠すようにむっとした表情で眼鏡をはずす。

「仕方ないでしょう。……僕は、きみに欲しがられると弱いんです」

そう言いながらゆっくりあすかの首筋に唇を寄せてきた。くすぐったさに身をよじりながら、あすかもそれを受け入れるように四ノ宮の柔らかな髪を撫でる。

「そうなんですね……」

「だからたまらなかった」

「ん……？」

一度首筋から顔を上げた四ノ宮はじっとあすかの目を見つめ、それからチュッと音をたてて一瞬だけのキスをする。

え、それだけ？　と思わず焦れてしまうようなキス。戸惑いながら尋ねる。

「……たまらなかったって？」

「何度も求めてくれましたよね。僕が忘れたフリをしたら……もどかしそうに」

「は」

「物欲しそうな目で見てきたり、ある時は……縛ってきたりして」

「黙っ……！」

「〝抱け〟って命令してくれたり、かわいいったらない」

「や……」

雰囲気を壊さない程度のトーンで囁いて、今度は頰にチュッとキスを落とす。電気を点けずに薄暗いままの寝室で、四ノ宮はあすかの体を少しずつ暴いていく。顎の下や首筋に口づけながら衣服を剝いて、順に曝け出されていく肌にも隙間なくキスを。ベージュのガウチョパンツを脱がせて、黒いタートルネックのニットも首と腕から抜いて。

「わかりますか？　……ずっと触れちゃいけないと思っていたものが、手を伸ばしてきてくれる嬉しさは。信じられないほど幸福で——胸が潰れそうになって。怖いほどだった」

「……元はただの同僚だったのに」

「うん、まあ、そうなんだけど」

ニットを脱がされたことで露わになった胸の谷間にも、四ノ宮はキスをした。横たわっても潰れない弾力のある胸の膨らみ。ブラのホックをはずされると、柔らかく震えて四ノ宮を誘う。彼はその輪郭に恭しく触れながら言葉を続けた。

「近くにいればいるほど尊く思えたんです。自分のことはそっちのけで社員を優先させるところも。理想を掲げて、疑わなくて。まっすぐさだけでそれを叶えてしまうところも。そのくせ経営者にしては厳しさが足りていなくて、代わりにとても優しい……」

「……んんッ」

あすかが黙って聞いていると、言葉の最後で胸の先っぽに歯を立てた。瞬間、ビクビクッとあすかは体を震わせる。与えられた甘い痺れに、はぁ、と悩ましい息がこぼれ出た。

「っ、ぁ……あなたは、いつも」

「うん……？」

「そうやって私を、買い被りすぎるんです」

「そうですか……？」

会話の合間にも彼は胸への愛撫をやめない。乳輪全体を舌のザラつく部分で舐め上げ、赤く熟れた尖りを舌の先でぐりぐりと嬲る。甘い吐息が止まらなくなる。

「ふ、ぁ……っ。だって、結局私はっ……自分の欲に負けて、あなたとっ……」

「……そうですね。僕が汚してしまったんです。欲しがるあなたのココを……」

「っん‼」

既にショーツは脱がされていた。濡れそぼった部分に、ゆっくりと指が挿入される。ソコは彼が指先に少し力を加えただけで、簡単に根元まで彼の指を飲み込んでしまう。

「何度も僕のモノをねじ込んで、いっぱい擦りましたね。ひどく抱いたこともあった」

「ふあぁっ……」

「きみのナカを好きなように犯して、ぐちゃぐちゃに汚して……自分のものにした気でいたんだよ」

「あぁんッ！」

囁かれると全部思い出されて、反応するようにナカがうねり、四ノ宮の長い指を締め付ける。

挿れられているのは、まだ指だけなのに。ゾクゾクと腰が震えるほどの快感。あすかはたまらず自分で脚を開き、彼の指からもっと快感を得ようと自ら腰を動かしていた。こんな浅ましい姿など……とあすかが思ったところで、四ノ宮がまた頬にキスをしてくる。

「でも僕がいくら汚そうと、やっぱりきみは綺麗だった」

「んぁ……。えっ……？」

あすかは熱くなった息をフーッと吐き出しながら、逆手にシーツを摑んで快楽に耐え、自ら腰を振っている。そんな女の姿を前にしているのに、四ノ宮は「綺麗だ」と言う。

「綺麗な、わけがっ……」

「綺麗だよ。乱れる姿もひと際美しいなって。それにきみは気高かった。どれだけ快楽に落としたつもりでも、翌朝には凛とした社長の顔でいたじゃないか」

「そんなことっ……」

「だから何度だって抱きたかった」

ナカをくすぐっていた指をずるりと引き抜かれた。途端に体の一部が欠けたような気分になって、埋めるものを求めて腰が震え出す。

「何度だって、その綺麗な顔を快感でぐちゃぐちゃに歪めさせて、欲しがらせて……自分だけのものにしたくなったんです」

彼は指にまとわりつく白く泡立った愛液を舐め取ると、やや性急な手つきで自らのベルトを解いた。スラックスを脱ぎ、シャツもインナーも脱いで、あすかと同じ生まれたままの姿になっていく。

下着を下ろして現れた彼自身は、ビクビクと脈打って硬く勃ち上がっていた。

「……挿れますね」

「ん……はぁっ……」

　とろとろに濡れている秘所に切っ先を宛てがうと、四ノ宮は先っぽをあすかのナカに挿れた。そして、じらすように少しだけ時間をおくと、ゆっくりゆっくり奥へ押し進めていく。

「んんっ……！」

　充分に濡れていたから、ほんとはひと思いに貫けたはずだ。それなのに、彼はわざと形を感じさせるように緩慢な動きで挿入する。あすかの体はまんまとそれに反応して、もどかしそうにキュウキュウと彼を締め付けた。

「あ……あぁーっ、んッ……ふ……」

　すべてをナカに収めても、四ノ宮はゆさゆさと小さく動くだけ。さっきのキスといい、じれる動きを繰り返されると段々泣きたくなってくる。全身が、四ノ宮を欲しがって疼き出す。

「もッ……い、やぁっ……四ノ宮さんっ」

「なんで……？　ゆっくりされるのも気持ちいいでしょ？」

「はんっ……やぁっ……」

　軽く揺さぶっていた腰がゆっくりと大きく動いて、今度はナカをかき混ぜる。刺激が足りない……と一瞬感じたその動きは、膣の中の上壁を擦るタイミングであすかの体を大きく跳ねさせた。

「あっ！　……あぁっ、あんっ！」

「ん？　……ああ、ココか。擦れてイイんですね……？」

「だっ……だめ！　それ、なんかっ……あぁーッ！」

彼があすかの脚を押し開かせて前方に体重をかけると、繋がっている部分の真上にある敏感な尖りに彼の陰毛が触れる。彼が腰を回すたびにそれはチクチクとあすかを刺激して、大きな快楽の波を生んだ。

「んっ、んっ……！　きもちっ……はぁぁん！」

「っ……そんなエッチな声出して」

「しのみやっ……」

「どれだけ僕を誘惑したらっ……！」

「あっ……あっ！　あッ、あ！　あっ、ん、あぁっ……！」

ギシギシとベッドを揺らす。胸にむしゃぶりついた四ノ宮は、あすかの体を抱き込むと激しく腰を振った。あすかは四ノ宮の頭を掻き抱きながらひたすら喘ぐしかできない。上にも下にも激しく甘い欲望を叩き付けられて、頭がおかしくなりそうだった。

「四ノ宮さん、だめっ……イクぅっ……！」

「ん、はっ……そんな泣きそうな声出してもだめです。先にイかないで、もっと……」

「あーッ……」

「いいっ……すごく、いい、あすかっ……手加減できないっ……」

〝あすか〟と自分の名前を呼ぶ声にカッと耳が熱くなる。

「はんっ！　あ、んんっ！　も、ほんとにっ……イっちゃっ……」

「うん……」

「んっ……！」

　胸を舐めていた口が唇へと飛んできた。舌ですぐさま唇をこじ開けると口内を奪うように舐めてきて、あすかが喘ぐ声を飲み込もうと口を塞いでくる。体の奥底からゾクゾクと何かがせり上がってくる。自分はどうなってしまうのか。想像もつかない何かがもうそこまできているみたいで、怖い。

「あすかっ……あすかっ！」

「んんっ……！」

「愛してる……っ、はぁっ……僕の望みは、一つも変わってない」

「っ……あっ、あっ……!!」

　逞しい体をひしと抱いて、絶頂に近い彼の欲望を受け入れながら。愛していると言う声に、泣きそうになりながら。

　あすかはその言葉の続きを聞いていた。


「いつ、いかなる時も――」

　そばに置いて、きみが最初に相談するポストを。

かつて四ノ宮が、あすかの秘書になるにあたり提示したその条件。
今、果てる瞬間のあすかの耳には、それが伴侶の誓いのように聞こえた。

後日談　入間紗映子のカメラは捉えた

「はーい、ボス！　視線こっちくださぁーい」

入間の指示に従って視線を流せば、ボシュッ！　というフラッシュ音と共にシャッターが切られる。あすかは自分に向けられているライトのまぶしさに目を細めていた。それを入間は〝伏し目がち最高！〟とお気に召した様子。気に入ったならこれでいいやと、深く考えず目を伏せたままでいた。今、無になっている状態。

ずっと前から約束させられていたあすかの撮影会は、ノゼットのサイト用宣材写真にモデルを起用した時と同じスタジオ、同じセットで行われた。前回は会社の経費だったが、今回は入間の自費である。スタジオのレンタル費用といい、衣装代といい、すべて足し上げると入間の月給を超えてしまうような気がするのだが……。

「最高です！　神々しいエロス……！」

鼻息荒く興奮気味にシャッターを切り続ける入間は楽しそうだから、よしとしよう。

あすかに用意された衣装は真っ黒なAラインのドレス。大きく開いたVネックは胸の豊かさを強調し、七分丈の袖はしなやかで細い腕を際立たせる。これでホウキを持ったらそのまま魔女にでも見えてしまいそうなドレス姿で、あすかはさっきからいろんなポーズを取らされている。

ビンテージ品らしきソファの上で頬杖をつかされたり、寝転ばされたりしては、「もっとふてぶてしく！」「もっと蔑んで！　尊大に！」というオーダーが入間から飛んでくる。「笑って」と言われるほうが困るのでまだ簡単ではあるけれど……。完全に若きカメラマンの人形となったあすかは言われるがままに、〝もうどうにでもして……〟という気持ちでポーズを取っていた。

「――はい、ＯＫでーす」

そう言って、これでひと段落かと思ってあすかが息を吐くと、入間は続けてとんでもないオーダーを出した。

「じゃあ次はそのままソファの上で！　こっちに脚を大きく開いて、上目遣いで欲しがるように――」

スパァァアン！　と、破裂音にも近い小気味の良い音が響く。何が入間のオーダーを遮ったのかと思ったら、いつの間にかそこにいた四ノ宮が彼女の頭を手帳ではたいていた。力の限り思いっきり。

あまりに痛そうな音だったので、あすかはソファの上で言葉を失った。入間はその場にうずくまり、頭を抱えてぷるぷると震えている。

「いっ……たぁーっ！　なにするんですか四ノ宮さん！　痛かった！　結構ほんとに泣きそう！」

「泣け。……冗談がすぎるんだよ！　お前はいつから写真家からＡＶ監督に転身したんだ……⁉」

「それも天職かもしれないと考えた時が私にもありました」

「撮影会終わり。撤収だ」

「やだぁぁぁぁぁもっと撮るぅぅぅぅっ」

「終わり。帰りますよ、あすか」

「あ、はい……」

　ただ黙って見守っていたあすかは、名前を呼ばれてやっと声を発する。あまりにぼーっとしていて、入間に指示されるがままにポーズを取っていたから、普通に脚を開きそうになった。そんなこと四ノ宮に知られたら、めちゃくちゃ怒られるんだろう。

　その後入間は「ごめんなさい待って！」「真面目にやるから！」とあすかの脚に抱き着いて引き止めようとしたが、四ノ宮の手で簡単に引きはがされてしまってその場はお開きとなった。

　ノゼットの経営危機騒動から三か月。四ノ宮はみんなの前でも〝あすか〟と名前で呼ぶようになった。

公私混同はよくないのでは……と最初は躊躇したものの、一度呼び始めると周囲もあすかも慣れていった。元々社内であすかの特別なパートナーと認められていた四ノ宮が名前を呼ぶことは、（熊木を除く）ノゼット内で自然に受け入れられた。

「帰りますよ」と言った四ノ宮に連れられて向かったのは、会社の事務所ではない。気持ちが通じ合ってから間もなくして、あすかは四ノ宮が暮らすマンションで彼と寝食を共にするようになった。


〝このまま事務所にいたら、時間がある限り残業しようとするでしょう？　だめです〟

〝僕と来て。それでひと段落したら、籍を入れましょう〟

秘書としての顔が半分、恋人としての顔が半分で持ち掛けられた同棲の話。断る理由ももうなかったので、あすかは愛しい人の提案に従うことにした。


事務所の二階に一人で暮らしていた頃、自炊はほとんどしなかった。あすかは自分が最後の一人になるまでオフィスで残業することが常だったし、そんな時には四ノ宮が夜食を用意してくれた。そうでなければ残っている社員たちと出前やピザを取ることが大半だったので、自炊する機会がなかったとも言える。……というのは建前で。

「ごめんなさい、悦さん……」

未だ呼び慣れない四ノ宮の下の名前を呼んで、陳謝する。

帰宅後、お互いに入浴を済ませた後。パイル生地のグレーのパジャマに着替えた四ノ宮の前に突き出されたのは、得体の知れない物体だった。四ノ宮は皿の上に載ったそれをしげしげと見つめながら言う。

「……これは……?」

「あなた、魚が好きでしょう。だからサバの味噌煮をつくろうと思って……」

サバの味噌煮をつくって、なぜサバが少しも原形をとどめていないのか。自分が少し目を離した隙にキッチンで何が起こったのかを想像しながら、四ノ宮は笑う。あすかは申し訳ない気持ちで体を小さくしている。失敗した自覚はあった。

「無理して何かしようとしなくてもいいのに」

四ノ宮はそう笑って、「いただきます」と手を合わせてからサバの味噌煮に箸を伸ばした。

「ただ家に置いてもらうだけじゃ、居心地が悪くて……」

「僕が一緒に住みたかったから別にいいんだよ。……すごい、個性的な味付けだな」

「……嘘でも〝美味しい〟って言わないところ、信用できて好きですよ」

四ノ宮は当たり前だという風にただ笑うが、箸を止めはしない。信用できるし、なんだかんだいって優しいところも好きだな。そこまですべて伝えられるほど、あすかはまだ素直にはなれないけれど。

そんなあすかの目線に、気づいているのか、いないのか。四ノ宮はキャベツとベーコンの味噌汁をすすると、思い立ったように言った。

「別に料理は僕がすればいいと思ってたけど。うまくなりたいなら、今度一緒に特訓しますか」

「え」

「ね、ボス」

久しぶりにボスと呼んだかと思えば、にこっと強制力のある笑い方をする。その笑顔を見るとあすかは、条件反射で背筋が凍る。自分が容姿に無頓着だった時代、毎日のように小言と実力行使で教育された日々を思い出すからだ。

一瞬だけ逃げ出したい気持ちに駆られた。だけど、料理を覚えていつか〝美味しい〟と言わせたい気持ちもあるので、あすかは目を泳がせながら返事をする。

「お手柔らかに」

洗い物は四ノ宮がしてくれて、歯を磨いて一緒に少しテレビを見たら、電気を消して同じベッドの中に入る。この瞬間、あすかはまだ毎晩のように緊張してしまう。〝Tシャツにショーパン姿で眠るのはナシ〃と禁止をくらったから購入した、タオル地のワンピース。その一枚にだけ肌を守られた状態で四ノ宮と布団の中、体を寄せ合うのは、どうにも。

　隣で彼が少し身じろぎするだけで体のどこかしらが接触して、擦れてびくっとしてしまう。何も起きずにそのまま眠る日もある。でも、そうじゃない日もある。

「……あすか」

　ボソッ、と耳元で名前を囁かれて、気づけば指と指が絡まっていた。――きた。急激に恥ずかしくなって目を伏せる。

「いい……？」

　欲に突き動かされたというよりは、余裕のある声で誘ってきた。返事を待つ間、恋人繋ぎで握ってきた手の指の間をくすぐられて、なんとも言えない気持ちになる。あすかは、照れくささを押し殺して指の間を握り返し「はい」と小さく返事した。それとほぼ同時に四ノ宮が上体を起こして、頬に触れてくる。優しくキスを落とす。

　そのまま暗闇での情事が始まるものだ思っていた。だけど違った。四ノ宮はひとしきりあすかの唇を味わって、体の柔さをも味わったかと思うと、一度ベッドから抜け出したのだ。それから電気を点けた。……なぜ？

　布団の上、とろかされていたあすかは視線だけを動かし四ノ宮の動きを目で追う。彼はどこからか黒い塊を手にしてベッドに戻ってきた。その黒い塊とは。

「……え？」

なぜそれがここに、という驚きであすかは目を見開いた。

四ノ宮が手に持っていたのは大きくて仰々しい一眼レフカメラ。そしておそらく、今日散々自分に向けてシャッターを切っていた入間の私物。

「没収してきました。今日のアレは、あまりに目に余るなと思ったので」

言いながら四ノ宮は仰向けのあすかの上に跨り、慣れた手つきで一眼レフを構える。パシャッとシャッターを切られてハッとした。

「……何撮ってるんですか？」

「あすか、入間に言われるがまま脚を開きそうになっていたでしょう」

「え」

なぜそれを……！

バレたら絶対に怒られるだろうなぁと思っていたことがしっかりとバレていて、毛穴から冷や汗が噴き出す。その引きつった顔さえも、四ノ宮はカメラに収めていく。

「僕以外にも簡単に脚を開くんだなぁ、きみは」

「待っ……違っ……」

「同性だったら妬かないというわけではないんですよ」

そう言いながら四ノ宮は、一度カメラから手をはずして首から提げ、自由になった手であすかのワンピースを捲り上げた。胸の真下まで捲られてショーツが露わになり、お腹をさわさわと撫でられて腰が震える。

「っあ……」

あすかの反応に四ノ宮はふっと笑って、つつ、と臍の下を撫でた。

「ココに欲しい？」

意地悪だ。正直な体は逆らえず、あすかはコクコクと頷く。加虐的な目にゾクゾクしながら、「欲しい」とつぶやく。

すると四ノ宮は緩慢な動きであすかのショーツをずり下ろし、既にしっとりと湿っていた蜜口に指先で触れた。

「ひぁ……っ……」

甘い声が漏れるのを抑えられない。四ノ宮に誘われた瞬間、その時あすかはもう自分が濡れるのを感じていた。求められたらその実感だけで体が期待してしまう。実際に大事な場所に触れられると、もっと期待してしまう。

たとえ、彼の首に提げられている一眼レフに危険な香りを感じていても。

「……まだ少ししか触ってないのにぐしょぐしょですね。どうして？　……何か想像してる？」

ついには意地悪な声一つにも感じてしまうようになった。細長い指先に入り口をこちょこちょとくすぐられているだけでお腹に力が入って、そんなつもりはないのに腰が揺れてしまう。

「もっ……悦さん、早くっ……」

ねだって見せると四ノ宮は余裕の表情を少し崩して、ハァッと欲情のため息をつく。彼は自身のパジャマのズボンとボクサーパンツをずり下げると、苦しそうなほど屹立している欲望をあすかに宛てがった。

「あ……んんッ……！」

四ノ宮に強く腰を掴まれて、ぐぷっと音をたてながら彼の欲望をナカに受け入れていく。もう幾度となく貫かれているはずなのに、何度やっても最初はミチミチと体を拓かれていく感覚に唇を噛む。

「ん……キツい？　もっと解したほうがいいかな……」

「いやっ……だめ。抜かないでっ……」

「……煽らないでほしいんだけど。これ以上僕が大きくしたらお互い苦しいでしょう」

「あ……んんっ……！」

「ほら」

自分のナカで確かに膨張した熱を感じながら、あすかはシーツを引っ掻いた。抉るような律動に揺らされてベッドの上を踊る。直接的な刺激と、四ノ宮の荒くなっていく呼吸に昂っていく。

「んぁっ！　あっ！　あぁッ……！」

「ん……イイ、あすか。……そのまま乱れててください」

「あッ、はぁん……あんっ……え？　……ふ、んんっ」

四ノ宮はあすかの腰を固定していた手を離すと、自分の腰を振って欲望を打ち付けながら一眼レフを構えて、シャッターを切りはじめた。

「あっ……やっ！　それは、やだっ……」

「だめです。……はぁっ。かわいい顔して、あすか。入間にも見せない顔、見せてくださいっ……」

「やめっ……ん！　あぁっ……だめっ、あっ、あぁん！　もっ……悦さんっ……！」

「っ……撮るたびに締まってる。器用ですね、きみのココは」

「はぁっ、あっ」

「こういうの、なんて言うか知ってます？」

「ん、やぁっ」

「〝ハメ撮り〟って言うんですよ」

「あぁっ♡」

ひどい、と思うのに感じてしまう。喘ぎ悶えるほどに、〝パシャッ〟〝パシャッ〟と次々にシャッターが切られて、その音であすかは上りつめていった。

「悦っ……これ以上は、もうっ……」

「イくところまでちゃーんとカメラに収めてあげますから。……こっち見て」

死んでしまいたいほどの羞恥の渦の中で、それでも優しく要求されると逆らえない。意地の悪い秘書は自分の主人を言葉で嬲っても、その目は乱れるあすかを愛おしそうに見つめている。

「あっ……あっ♡」

「はぁっ……このまま僕も、一回ナカに出しますよ」

「んん――っ……！」

あすかはその目に捕らわれて、一晩中ベッドの上を泳いだ。

翌日の事務所では、入間に「絶対変なことに使ったでしょ！　どうしてデータ残しといてくんないかなぁっ！」となじられながら、一眼レフを返却する四ノ宮の姿があった。

END

あとがき

お手に取っていただきありがとうございます！　兎山《とやま》もなかと申します。蜜夢文庫さんから出版していただくのは今作が四冊目です。

タイトルと表紙からしてヒロインがヒーローに迫っていますが、まさにそんなお話が書きたくて本作はできあがりました。気の強い女性がかちっとしてる男性に跨り迫る図って萌えませんか？　女子からグイグイ迫るお話も大好物なんです！　こんな設定はあまり読んだことが無いという方にも、少しでもお楽しみいただけていたら幸いです。

そして、そんな私の性癖全開な設定を絵にしてくださったすがはらりゅう先生！　挿絵のラフを見せていただいたときは、あまりのクオリティーの高さに「本当にこれはラフなのか……!?」と衝撃を受けました。どのシーンもキャラの表情ものすごく良くて、あすかの仕事にまっすぐな面も乙女な面も絵にしていただけて、嬉しい気持ちでいっぱいです……！

四ノ宮も非の打ちどころのない格好よさで、すがはら先生のこんな格好いい眼鏡イケメンが見られて、今回ヒーローを眼鏡男子にしてよかったなぁと！（笑）　本当にありがとうございました。

元は投稿サイト『メクる』で公式連載させていただき、後にらぶドロップスレーベルから電子書籍化いただいた本作。今回文庫化にあたって大幅改稿いたしました。担当様のアドバイスの元、より読みやすく・より胸きゅんに構成やキャラクターを修正しましたので、過去に連載・電子版を読んでくださった方にも違いが伝わっているといいのですが……！

本作の発売にあたってお世話になった担当様、編集部の皆様、お力添えいただいたすべての方に感謝いたします。また、いつも拙作を読んでくださる読者様、本当にありがとうございます！　前作の『才川夫妻の恋愛事情　7年じっくり調教されました』が発売されて以降、ご感想のお手紙や、ツイッターでもリプライをたくさんいただきました。（本当に信じられないくらいたくさん……！）すべて励みにさせていただいて、今はいっそう萌えるお話をたくさん書いていきたいとやる気にあふれています。この場を借りて、心より御礼申し上げます。ありがとうございました！

最後に、ここまで読んでくださったあなた様に最大級の感謝を込めて。貴重なお時間を本当にありがとうございました。またどこかでお目にかかれますように！

兎山もなか

本書は、電子書籍レーベル「らぶドロップス」より発売された電子書籍を元に、加筆・修正したものです。

黙って私を抱きなさい！
年上眼鏡秘書は純情女社長を大事にしすぎている
２０１８年５月２９日　初版第一刷発行

著……………………………………………………… 兎山もなか
画…………………………………………………… すがはらりゅう
編集………………………… 株式会社パブリッシングリンク
ブックデザイン………………………………………… 北國ヤヨイ
（ムシカゴグラフィクス）
本文ＤＴＰ……………………………………………… ＩＤＲ

発行人…………………………………………………… 後藤明信
発行…………………………………………………… 株式会社竹書房
〒102-0072　東京都千代田区飯田橋２－７－３
電話　03-3264-1576（代表）
03-3234-6208（編集）
http://www.takeshobo.co.jp
印刷・製本……………………………… 中央精版印刷株式会社

ISBN978-4-8019-1406-3　C0193
Printed in JAPAN